語言是通往世界的橋梁

語言鳥 Parrot
語言是通往世界的橋梁

自由行專屬
旅遊
韓語書

韓國文字的結構

韓文為表音文字，分為子音和母音，韓文字就是由子音和母音所組合而成。基本母音和子音各為10個字和14個字，總共24個字。基本母音和子音在經過組合之後，形成16個複合母音和子音，提高其整體組織性，這就是「韓語40音」。

每個韓文字代表一個音節，每音節最多有四個音素，而每字的結構最多由五個字母來組成，其組合方式有以下幾種：

1. 子音加母音，例如：나（我）
2. 子音加母音加子音，例如：방（房間）
3. 子音加複合母音，例如：귀（耳）
4. 子音加複合母音加子音，例如：광（光）
5. 一個子音加母音加兩個子音，例如：값（價錢）

✈ Track 002

韓語40音發音對照表

一、基本母音（10個）

	ㅏ	ㅑ	ㅓ	ㅕ	ㅗ	ㅛ	ㅜ	ㅠ	ㅡ	ㅣ
名稱	아	야	어	여	오	요	우	유	으	이
拼音發音	a	ya	eo	yeo	o	yo	u	yu	eu	i
注音發音	ㄚ	ㄧㄚ	ㄛ	ㄧㄛ	ㄡ	ㄧㄡ	ㄨ	ㄧㄨ	(ㄜ)	ㄧ

說　明

- 韓語母音「ㅡ」的發音和「ㄜ」發音有差異，但嘴型要拉開，牙齒快要咬住的狀態，才發得準。
- 韓語母音「ㅓ」的嘴型比「ㅗ」還要大，整個嘴巴要張開成「大O」的形狀，「ㅗ」的嘴型則較小，整個嘴巴縮小到只有「小o」的嘴型，類似注音「ㄡ」。
- 韓語母音「ㅕ」的嘴型比「ㅛ」還要大，整個嘴巴要張開成「大O」的形狀，類似注音「ㄧㄛ」，「ㅛ」的嘴型則較小，整個嘴巴縮小到只有「小o」的嘴型，類似注音「ㄧㄡ」。

✈ Track 003

二、基本子音（10個）

	ㄱ	ㄴ	ㄷ	ㄹ	ㅁ	ㅂ	ㅅ	ㅇ	ㅈ	ㅊ
名稱	기역	니은	디귿	리을	미음	비읍	시옷	이응	지읒	치읓
拼音發音	k/g	n	t/d	r/l	m	p/b	s	ng	j	ch
注音發音	ㄎ	ㄋ	ㄊ	ㄌ	ㄇ	ㄆ	ㄙ,(ㄒ)	不發音	ㄗ	ㄘ

說 明

- 韓語子音「ㅅ」有時讀作「ㄙ」的音，有時則讀作「ㄒ」的音，「ㄒ」音是跟母音「ㅣ」搭在一塊時才會出現。
- 韓語子音「ㅇ」放在前面或上面不發音；放在下面則讀作「ng」的音，像是用鼻音發「嗯」的音。
- 韓語子音「ㅈ」的發音和注音「ㄗ」類似，但是發音的時候更輕，氣更弱一些。

三、基本子音（氣音4個）

	ㅋ	ㅌ	ㅍ	ㅎ
名　稱	키읔	티읕	피읖	히읗
拼音發音	k	t	p	h
注音發音	ㄎ	ㄊ	ㄆ	ㄏ

說　明

- 韓語子音「ㅋ」比「ㄱ」的較重，有用到喉頭的音，音調類似國語的四聲。
  ㅋ＝ㄱ＋ㅎ
- 韓語子音「ㅌ」比「ㄷ」的較重，有用到喉頭的音，音調類似國語的四聲。
  ㅌ＝ㄷ＋ㅎ
- 韓語子音「ㅍ」比「ㅂ」的較重，有用到喉頭的音，音調類似國語的四聲。
  ㅍ＝ㅂ＋ㅎ

Track 005

四、複合母音（11個）

	ㅐ	ㅒ	ㅔ	ㅖ	ㅘ	ㅙ	ㅚ	ㅞ	ㅝ	ㅟ	ㅢ
名稱	애	얘	에	예	와	왜	외	웨	워	위	의
拼音發音	ae	yae	e	ye	wa	w ae	oe	we	wo	wi	ui
注音發音	ㄝ	一ㄝ	ㄟ	一ㄟ	ㄨㄚ	ㄨㄝ	ㄨㄟ	ㄨㄟ	ㄨㄛ	ㄨ一	ㄜ一

說　明

- 韓語母音「ㅐ」比「ㅔ」的嘴型大，舌頭的位置比較下面，發音類似「ae」；「ㅔ」的嘴型較小，舌頭的位置在中間，發音類似「e」。不過一般韓國人讀這兩個發音都很像。
- 韓語母音「ㅒ」比「ㅖ」的嘴型大，舌頭的位置比較下面，發音類似「yae」；「ㅖ」的嘴型較小，舌頭的位置在中間，發音類似「ye」。不過很多韓國人讀這兩個發音都很像。
- 韓語母音「ㅚ」和「ㅞ」比「ㅙ」的嘴型小些，「ㅙ」的嘴型是圓的；「ㅚ」、「ㅞ」則是一樣的發音，不過很多韓國人讀這三個發音都很像，都是發類似「we」的音。

✈ Track 006

五、複合子音（5個）

	ㄲ	ㄸ	ㅃ	ㅆ	ㅉ
名　稱	쌍기역	쌍디귿	쌍비읍	쌍시옷	쌍지읒
拼音發音	kk	tt	pp	ss	jj
注音發音	ㄍ	ㄉ	ㄅ	ㄙ	ㄗ

說　明

- 韓語子音「ㅆ」比「ㅅ」用喉嚨發重音，音調類似國語的四聲。
- 韓語子音「ㅉ」比「ㅈ」用喉嚨發重音，音調類似國語的四聲。

Track 007

六、韓語發音練習

	ㅏ	ㅑ	ㅓ	ㅕ	ㅗ	ㅛ	ㅜ	ㅠ	ㅡ	ㅣ
ㄱ	가	갸	거	겨	고	교	구	규	그	기
ㄴ	나	냐	너	녀	노	뇨	누	뉴	느	니
ㄷ	다	댜	더	뎌	도	됴	두	듀	드	디
ㄹ	라	랴	러	려	로	료	루	류	르	리
ㅁ	마	먀	머	며	모	묘	무	뮤	므	미
ㅂ	바	뱌	버	벼	보	뵤	부	뷰	브	비
ㅅ	사	샤	서	셔	소	쇼	수	슈	스	시
ㅇ	아	야	어	여	오	요	우	유	으	이
ㅈ	자	쟈	저	져	조	죠	주	쥬	즈	지
ㅊ	차	챠	처	쳐	초	쵸	추	츄	츠	치
ㅋ	카	캬	커	켜	코	쿄	쿠	큐	크	키
ㅌ	타	탸	터	텨	토	툐	투	튜	트	티
ㅍ	파	퍄	퍼	펴	포	표	푸	퓨	프	피
ㅎ	하	햐	허	혀	호	효	후	휴	흐	히
ㄲ	까	꺄	꺼	껴	꼬	꾜	꾸	뀨	끄	끼
ㄸ	따	땨	떠	뗘	또	뚀	뚜	뜌	뜨	띠
ㅃ	빠	뺘	뻐	뼈	뽀	뾰	뿌	쀼	쁘	삐
ㅆ	싸	쌰	써	쎠	쏘	쑈	쑤	쓔	쓰	씨
ㅉ	짜	쨔	쩌	쪄	쪼	쬬	쭈	쮸	쯔	찌

前言

想要去韓國玩，又怕會的韓語不夠用嗎？
不要擔心！帶著這一本，您可以輕鬆愉快玩韓國！

去韓國逛街shopping、殺價、點餐吃飯、住宿訂房、問路、美髮、看表演，需要用到的必學實用句全都有。

再來就是韓國各重要景點，好吃的店，以及吃喝玩樂的實況會話！包括明洞、東大門、南大門、仁寺洞、梨泰院、梨大、狎鷗亭、春川，等地方。

最後一篇的單字大補給和生活小例句，收錄韓國玩樂最實用的單字和句子。

輕鬆愉快來一趟美麗又有趣的韓國旅遊吧！

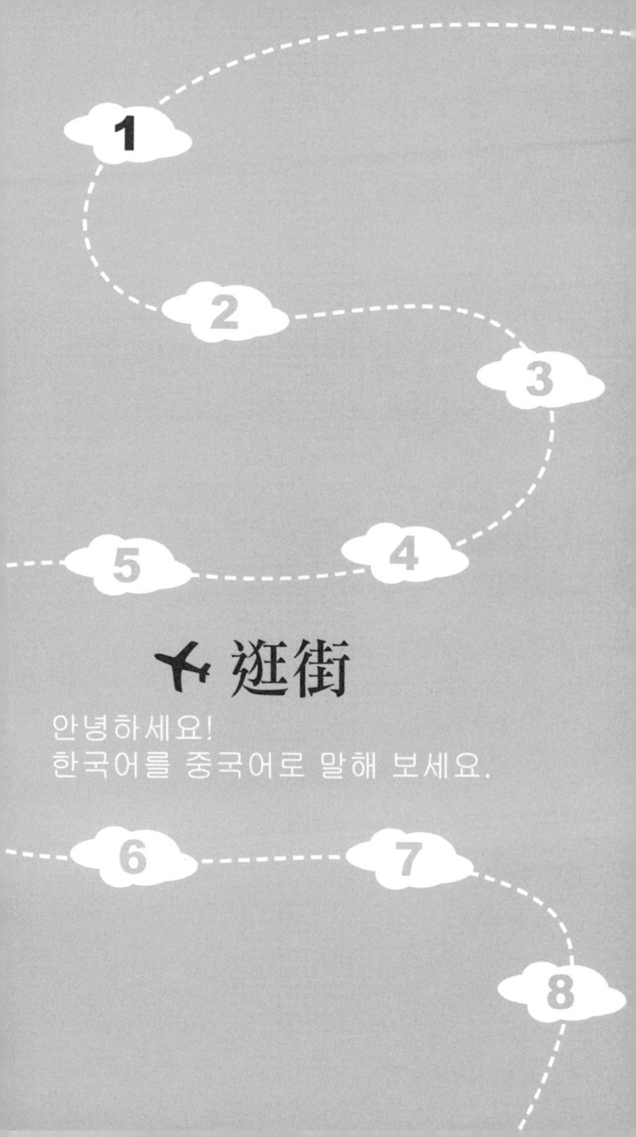
1
2
3
4
5
逛街
안녕하세요!
한국어를 중국어로 말해 보세요.
6
7
8

地點 옷 가게

ot ga ge

服飾店

實用句

월 도와 드릴까요？
mwol do wa deu ril kka yo
需要幫忙嗎？

필요한 거 있으세요？
piryo han geo i sseu se yo
有什麼需要的嗎？

찾으시는 물건 있으세요？
cha jeu si neun mul geon i sseu se yo
要找什麼呢？

먼저 구경 좀 할게요.
meon jeo gu gyeong jom hal ge yo
我先看看就好。

치마있어요？
chi ma i sseo yo
有裙子嗎？

긴바지 어디에 있어요?
gin ba ji eo di e i sseo yo
長褲在哪邊?

요즘 유행하는 디자인이 뭐에요? .
yo jeum you haeng ha neun di ja i ni mwo e yo
最近流行的款式是什麼?

정장 사려구요.
jeong jang sa ryeo gu yo
我想要買套裝。

저기요.
jeo gi yo
請問(叫服務員)

이것 얼마예요?
i geot eol ma ye yo
這個多少?

얼마예요?
eol ma ye yo
多少?

입어 봐도 돼요?
i beo bwa do dwae yo
我可以試穿看看嗎?

✈ Track 009

네, 돼요.
ne dwae yo
好，可以的。

사이즈 몇이에요？
sa i jeu myeo chi e yo
你的尺寸是多少？

다른 색깔 있어요？
da reun saek kkal ri i sseo yo
有其他顏色嗎？

있어요.
i sseo yo
有。

없어요.
eop seo yo
沒有。

탈의실 어디예요？？
tal rui sil eo di ye yo
更衣室在哪裡？

너무 작아요.
neo mu ja ga yo
太小了。

너무 커요.
neo mu keo yo
太大了。

조금 더 큰 사이즈가 있어요？
jo geum deo keun sa i jeu ga i sseo yo
有再大一點的嗎？

몸에 딱 맞아요.
mo me ttak ma ja yo
很合身耶。

너무 타이트해요.
neo mu ta i teu hae yo
太緊了。

사이즈 한 치수 큰걸로 주세요.
jo geum deo keun sa i jeu ga i sseo yo
請給我大一號的尺寸。

한 치수 더 작은걸로 주세요.
han chi su deo ja geun geol lo ju se yo
請給我小一號的尺寸。

밝은 색깔을 원해요.
bal geun saek kka reul won hae yo
我想要亮色的。

엷은 색을 원해요.
yeol beun sae geul won hae yo
我想要淡一點的顏色。

파스텔 톤 있어요？
pa seu tel ton i sseo yo
有淡色系列的嗎？

짙은 색을 원해요.
ji chin sae geul won hae yo
我想要深色的。

원색이 좋아요.
won sae gi jo a yo
我喜歡鮮豔的顏色。

잘 어울리네요.
jal eo wool ri ne yo
很適合呢。

잘 어울리세요.
jal eo wool ri se yo
很適合您。

보기 좋아요.
bo gi jo a yo
看起來很好。

예뻐요.
ye ppeo yo
很漂亮。

재질이 뭐예요？
jae ji ri mwo ye yo
這是什麼材質？

면이에요.
myeon i e yo
棉質。

옷을 사려고 해요.
o seul sa ryeo go hae yo
我在找衣服。

네, 어떤 때 입으실 거예요？
ne eo tteon ttae i beu sil geo ye yo
好的，請問是什麼場合要穿的？

면접 때 입으려고요.
myeon jeop ttae i beu ryeo go yo
面試時要穿的。

치마를 좀 보고 있어요.
chi ma reul jom bo go i sseo yo
我在找裙子。

치수가 어떻게 되세요?
chi su ga eo tteo ke doe se yo
尺寸是多少?

중간 치수입니다.
jung gan chi su im ni da
M號。

제 치수를 잘 모르겠어요.
je chi su reul jal mo reu ge seo yo
我不知道我的尺寸。

더 큰 치수가 있어요?
deo keun chi su ga i sseo yo
有更大一點的尺寸嗎?

사이즈 한 치수 큰 거 있어요?
sa i jeu han chi su keun geo i sseo yo
有大一號的嗎?

사이즈 한 치수 작은 거 있어요?
sa i jeu han chi su ja geun geo i sseo yo
有小一號的嗎?

좀 더 작은 치수로 주세요.
jom deo ja geun chi su ro ju se yo
請給我小一號的。

이 옷이 딱 맞아요.
i o si ttak ma ja yo
這件衣服剛好合身。

너무 잘 어울리세요.
neo mu jal reo wool ri se yo
真是太適合您了。

소매가 길어요.
so mae ga gi reo yo
袖子太長。

제겐 어울리지 않네요.
je gen eo wool ri ji an ne yo
不太適合我。

화장 하셨으면 상의는 입어 보실 수 없습니다.
hwa jang ha syeo seu myeon sang ui neun i beo bo sil su eop seum ni da
有化妝的話不能試穿上衣喔。

그 디자인은 너무 요란해요.
geu di ja i neun neo mu yo ran hae yo
這個設計太眼花撩亂了。

별로인데요.
byeol lo in de yo
普通耶。

약간 끼어요.
yak gan kki eo yo
有點緊。

제 몸엔 안 맞아요.
je mo men an ma ja yo
不合我的身型。

바지 길이를 줄여야겠어요.
ba ji gi ri reul jul ryeo ya ge seo yo
褲子要裁短一點。

재질이 뭐예요？
jae ji ri mwo ye yo
這是什麼材質？

나일론 입니다.
na ill on im ni da
是尼龍。

드라이클리닝해야 하는 제품이에요？
deu ra i keul li ning hae ya ha neun je pu mi e yo
必須要乾洗嗎？

물세탁 가능해요？
mul se tak ga neung hae yo
可以水洗嗎？

예쁘게 입으세요.
ye ppeu ge i beu se yo
祝您穿得漂亮。

다음에 또 방문해주세요.
da eu me tto bang mun hae ju se yo
下次要再來喔。

또 올게요.
tto ol ge yo
我會再來的。

다음에 올게요.
da eu me ol ge yo
我下次再來。

네,다시 들러 주세요.
ne da si deul leo ju se yo
好，要再來喔。

안녕히 계세요.
an nyeong hi gye se yo
再見(顧客跟店家説)。

수고하세요.
su go ha se yo
辛苦囉(顧客跟店家說)。

미세요.
mi se yo
推(門)。

당기세요.
dang gi se yo
拉(門)。

地點 화장품 가게

hwa jang pum ga ge

美妝店

實用句

뭘 찾으세요?
mwol cha jeu se yo
要找什麼？

찾으시는 상품 있으세요?
cha jeu si neun sang pum i sseu se yo
請問要找什麼商品嗎？

제가 먼저 보고 결정할게요.
je ga meon jeo bo go gyeol jeong hal ge yo
我先看看再決定。

일단, 구경 먼저 할게요.
il dan gu gyeong meon jeo hal ge yo
我先逛一下。

다 필요해요.
da pil ryo hae yo
全部都需要。

✈ Track 014

스킨케어 찾아요.
seu kin ke eo cha ja yo
我在找護膚產品。

영양크림 필요해요.
yeong yang keu rim pil ryo hae yo
我需要面霜。

마스카라 추천해 주세요.
ma seu ka ra chu cheon hae ju se yo
請推薦睫毛膏。

제일 잘 팔리는 제품은 뭐예요 ?
je il jal pal li neun je pu meun mwo ye yo
賣得最好的商品是什麼？

인기 상품이 무엇인가요 ?
in gi sang pu mi mu eo sin ga yo
哪個是人氣商品？

인기상품은 어떤 것 이에요 ?
in gi sang pu meun eo tteon geo si e yo
哪些是人氣商品？

페이셜로션 어떤 것 이 좋아요 ?
pe i syeol lo syeon eo tteon geo si jo a yo
臉部乳液哪種比較好？

이것은 에센스 인가요 ?
i geo seun e sen seu in ga yo
這是精華液嗎 ?

피부 타입은 어떠세요 ?
pi bu ta i beun eo tteo se yo
您是哪種皮膚類型 ?

전 예민성 피부에요.
jeon ye min seong pi bu e yo
我是敏感性肌膚。

민감성 피부예요.
min gam seong pi bu ye yo
敏感性肌膚。

트러블이 심해요.
teu reo beu ri shim hae yo
很容易過敏。

건성 피부예요.
geon seong pi bu ye yo
乾性肌膚。

지성 피부예요.
ji seong pi bu ye yo
油性肌膚。

✈ Track 015

제 피부는 복합성 이에요.
je pi bu neun bok hap seong i e yo
我是混合性肌膚。

어떤 것 저 한데 더 어울려요？
eo tteon geot jeo han de deo eo wool ryeo yo
哪一種比較適合我？

저 한테 맞는 제품은 어떤 거에요？
jeo han te mat neun je pu meun eo tteon geo e yo
哪一種產品適合我？

유통기한 몇 년 이에요？
you tong gi han myeot nyeon i e yo
保存期間是多久？

이걸로 살게요.
i geol lo sal ge yo
我要買這個。

이것을 사겠습니다.
i geo seul sa get seum ni da
我要買這個。

저 제품을 구매할게요.
jeo je pu meul gu mae hal ge yo
我要買那個。

화장품을 사고 싶어요.
hwa jang pu meul sa go si peo yo
我想買化妝品。

어떤 화장품을 원하세요？
eo tteon hwa jang pu meul won ha se yo
您想要哪種化妝品？

로션을 찾고 있어요.
ro syeo neul chat go i sseo yo
我在找乳液。

평소에 쓰시는 제품은 뭐예요？
pyeong so e sseu si neun je pu meun mwo ye yo
平常都用哪種產品？

천연 성분으로 만들어진 제품을 써요.
cheon yeon seong bu neu ro man deu reo jin je pu meul sseo yo
我都用天然成分的產品。

향수를 찾고 있어요.
hyang su reul chat go i sseo yo
我在找香水。

마스크 팩을 사고 싶어요.
ma seu keu pae geul sa go si peo yo
我在找面膜。

브러시 세트를 주세요.
beu reo si se teu reul ju se yo
請給我化妝刷組。

테스트할 수 있는 샘플이 있어요？
te seu teu hal su it neun saem peu ri i sseo yo
有試用品嗎？

샘플을 사은품으로 주실 수 있으세요？
saem peu reul sa eun pu meu ro ju sil su i sseu se yo
有試用的贈品嗎？

샘플 없어요？
saem peul eop seo yo
沒有試用品嗎？

샘플 더 없어요？
saem peul deo eop seo yo
沒有其他試用品嗎？

샘플 많이 주세요.
saem peul ma ni ju se yo
請給我多一點試用品（贈品）。

비행기에 가지고 탈 수 있어요？
bi haeng gi e ga ji go tal su i sseo yo
可以帶上飛機嗎？

가장 인기 있는 건 어떤 거예요？
ga jang in gi it neun geon eo tteon geo ye yo
最有人氣的是哪一種？

이쪽 상품들이 인기가 좋습니다.
i jjok sang pum deu ri in gi ga jo sseum ni da
這邊的商品很有人氣。

이 제품의 유통 기한은 어디에 표시되어 있어요？
i je pum ui you tong gi ha neun eo di e pyo si doe eo i sseo yo
保存期限標示在哪裡？

地點 액세서리 가게

aek se seo ri ga ge

飾品配件商店

實用句

머리핀 사고싶어요.
meo ri pin sa go si peo yo
我想買髮夾。

머리끈 어디에 있어요 ?
meo ri kkeun eo di e i sseo yo
髮箍在哪裡 ?

목걸이 있어요 ?
mok geo ri i sseo yo
有項鍊嗎 ?

목걸이 착용 해봐도 되나요 ?
mok geo ri chak gyong hae bwa do doe na yo
項鍊可以試戴嗎 ?

목걸이 귀걸이 세트 있어요 ?
mok geo ri gwi geo ri se teu i sseo yo
有項鍊耳環組嗎 ?

포장해 주세요.
po jang hae ju se yo
請包起來。

따로따로 포장해 주세요.
tta ro tta ro po jang hae ju se yo
請幫我分開包裝。

가방 사려구요.
ga bang sa ryeo gu yo
我要買包包。

이 제품 정품 이에요？
i je pum jeong pum i e yo
這個是真品嗎？

무엇을 찾으세요？
mu eo seul cha jeu se yo
請問要找什麼？

그냥 둘러보는 거에요.
geu nyang dul leo bo neun geo e yo
我只是看看。

핸드백 찾고있어요.
haen deu baek chat go i sseo yo
我在找手提包。

지갑을 사려고 합니다.
ji ga beul sa ryeo go ham ni da
我想要買皮夾。

여기 스마트폰 케이스 있어요?
yeo gi seu ma teu pon ke i seu i sseo yo
這邊有智慧型手機的殼嗎？

보여주세요.
bo yeo ju se yo
請給我看。

시계 차봐도돼요?
si gye cha bwa do dwae yo
手錶可以試戴嗎？

방수예요?
bang su ye yo
有防水嗎?

할인 판매 중입니다.
ha rin pan mae jung im ni da
現在正在打折中。

다 팔렸는데요.
da pal lyeot neun de yo
都賣完了耶。

들어가도 될까요 ?
deu reo ga do doel kka yo
我可以進去嗎 ?

어서 오세요. 무엇을 찾으세요 ?
eo seo o se yo mu eo seul cha jeu se yo
歡迎光臨。請問要找什麼 ?

카메라를 좀 보려고요.
ka me ra reul jom bo ryeo go yo
我想看相機。

이 제품의 보증 기간은 얼마예요 ?
i je pum ui bo jeung gi ga neun eol ma ye yo
這個產品的保固期間是多久 ?

다른 것 좀 보여 주세요.
da reun geot jom bo yeo ju se yo
請給我看別的。

그냥 둘러보고 있어요.
geu nyang dul leo bo go i sseo yo
我只是看看。

이걸 잠깐 시범 좀 보여 주세요.
i geol jam kkan si beom jom bo yeo ju se yo
請示範給我看。

만져 봐도 될까요?
man jyeo bwa do doel kka yo
我可以摸摸看嗎？

다른 것은 없어요?
da reun geo seun eop seo yo
沒有別的嗎？

어떤 색상을 원하세요?
eo tteon saek sang eul won ha se yo
您想要哪種色調的？

분홍색 있어요?
bun hong saek i sseo yo
有粉紅色的嗎？

네, 있어요.
ne i sseo yo
是，有的。

이 종류뿐이에요?
i jong nyu ppu ni e yo
只有這個種類嗎？

다른 색상을 더 보여 주세요.
da reun saek sang eul deo bo yeo ju se yo
請給我看別種顏色。

파란색으로 보여 주세요.
pa ran sae geu ro bo yeo ju se yo
請給我看藍色的。

무늬 없는 것은 없어요？
mu nui eop neun geo seun eop seo yo
有沒有花紋的嗎？

이 제품으로 다른 치수는 없어요？
i je pum eu ro da reun chi su neun eop seo yo
這個有別的尺寸嗎？

이것과 비슷한 모델이 더 있어요？
i geot gwa bi seut tan mo de ri deo i sseo yo
有和這個相似的樣式嗎？

따로 살 수 있어요？
tta ro sal su i sseo yo
這可以單買嗎？

더 생각해 볼게요.
deo saeng ga kae bol ge yo
我再想想看。

좀 더 둘러보고 올게요.
jom deo dul leo bo go ol ge yo
我再逛一逛再來。

✈ Track 020

다음에 다시 올게요.
da eu me da si ol ge yo
我下次再來。

저기...
jeo gi
請問…

사장님.
sa jang nim
老闆。

계산하세요.
gye san ha se yo
我要付帳。

✈ Track 021

地點	신발 가게
	sin bal ga ge
	鞋店

實用句

하이힐 보여주세요.
ha i hil bo yeo ju se yo
請給我看高跟鞋。

운동화 찾고 있어요.
un dong hwa chat go i sseo yo
我在找運動鞋。

등산화 있어요？
deung san hwa i sseo yo
有登山鞋嗎？

평소에 막 신을 수 있는 편한 신발을 찾고 있어요.
pyeong so e mak si neul su it neun pyeon han sin bal reul chat go i sseo yo
我在找平常可以穿舒適的鞋子。

✈ Track 022

편한 신발을 원해요.
pyeon han sin ba reul won hae yo
我想要舒適的鞋。

굽이 낮은 구두를 찾고 있어요.
gu bi na jeun gu du reul chat go i sseo yo
我在找低跟的鞋子。

하이힐이나 단화 다 좋아요.
ha i hi ri na dan hwa da jo a yo
高跟鞋或娃娃鞋都可以。

하이힐 있어요？
ha i hil ri sseo yo
有高跟鞋嗎？

네, 이쪽으로 오세요.
ne i jjo geu ro o se yo
有，請往這邊走。

좀 낮은 굽은 없어요？
jom na jeun gu beun eop seo yo
沒有低跟一點的嗎？

신어 봐도 돼요？
si neo bwa do dwae yo
我可以試穿看看嗎？(鞋子)

사이즈는 뭐예요?
sa i jeu neun mwo ye yo
是什麼尺寸?

치수가 몇이에요?
chi su ga myeo chi e yo
尺寸是多少?

240이에요.
i baek sa sip i e yo
24號。(24吋在韓國是講兩百四十。)

245이에요.
i baek sa sip o i e yo
24號半。(24. 5吋在韓國是講兩百四十五。)

250이에요.
i baek o sip i e yo
25號。(25吋在韓國是講兩百五十。)

260이에요.
i baek yuk sip i e yo
26號。(26吋在韓國是講兩百六十。)

이거 신어보세요.
i geo si neo bo se yo
請試穿這個看看。

Track 023

너무 작아요

neo mu ja ga yo

太小。

너무 커요.

neo mu keo yo

太大了。

더 큰 거 있어요？

deo keun geo i sseo yo

有更大一點的嗎？

더 작은 거 있어요？

deo ja geun geo i sseo yo

有更小一點的嗎？

다른 스타일 있어요？

da reun seu ta il i sseo yo

有其他款式嗎？

다른 색깔 있어요？

da reun saek kkal ri sseo yo

有其他顏色嗎？

이 제품 진짜 가죽이에요？

i je pum jin jja ga ju gi e yo

這個是真皮的嗎？

이거 나이키 정품이에요?
i geo na i ki jeong pu mi e yo
這是真的NIKE嗎?

예쁘다.
ye ppeu da
很漂亮。

편해요.
pyeon hae yo
很舒服。

신발이 작은가 봐요.
sin ba ri ja geun ga bwa yo
鞋子有點小。

신발이 커요.
sin ba ri keo yo
鞋子有點大。

이거 얼마예요?
i geo eol ma ye yo
這個多少?

비싸요.
bi ssa yo
很貴。

할인 없어요 ?
ha rin eop seo yo
有打折嗎 ?

할인 되나요 ?
ha rin doe na yo
可以打折嗎 ?

할인 해주세요.
ha rin hae ju se yo
請給我打折。

깎아주세요.
kka kka ju se yo
價格再低一點。

좀 싸게 해주세요.
jom ssa ge hae ju se yo
算便宜一點。

더 깎아주세요.
deo kka kka ju se yo
再更便宜一點。

싸게 해주시면 살게요.
ssa ge hae ju si myeon sal ge yo
算我便宜一點我就買。

만원에 해주시면 살게요.
man won e hae ju si myeon sal ge yo
算我一萬元我就買。

이것으로 사겠습니다.
i geo seu ro sa get seum ni da
我要買這個。(敬)

이걸로 살게요.
i geol lo sal ge yo
我要買這個。

운동화 끈 주세요.
un dong hwa kkeun ju se yo
請給我運動鞋帶。

地點 미용실

mi yong sil

美髮沙龍

實用句

머리를 깎고 싶어요.
meo ri reul kkak go si peo yo
我想剪頭髮。

염색하고싶어요.
yeom sae ka go si peo yo
我想要染髮。

파마를 하고싶어요.
pa ma reul ha go si peo yo
我想燙頭髮。

헤어스타일을 바꾸고 싶어요.
he eo seu ta i reul ba kku go si peo yo
我想換髮型。

지금 상태에서 다듬어만 주세요.
ji geum sang tae e seo da deum eo man ju se yo
我想維持本來的髮型，修一修就好。

끝만 다듬어 주세요.
kkeun man da deu meo ju se yo
只要修髮尾就好。

머리 잘라 주세요.
meo ri jal la ju se yo
請幫我剪頭髮。

머리를 커트해주세요.
cut meo ri reul keo teu hae ju se yo
請幫我剪頭髮。

머리가 어깨까지 오게 잘라 주세요.
meo ri ga eo kkae kka ji o ge jal la ju se yo
請幫我剪到肩膀的長度。

모발 색상표 있어요？
mo bal saek sang pyo i sseo yo
有髮色參考的本子嗎？

헤어스타일 참고 잡지 있어요？
he eo seu ta il cham go jap ji i sseo yo
有髮型參考的雜誌嗎？

보여주세요.
bo yeo ju se yo
請給我看。

✈ Track 026

이 헤어스타일을 원해요.
i he eo seu ta i reul won hae yo
我想要這個髮型。

이런 헤어스타일로 해주세요.
i reon he eo seu ta il lo hae ju se yo
請幫我做成這種髮型。

뿌리염색 얼마예요？
ppu ri yeom saek eol ma ye yo
補染是多少元？

부분 염색 얼마예요？
bu bun yeom saek eol ma ye yo
挑染是多少元？

전부염색 얼마예요？
jeon bu yeom saek eol ma ye yo
全染是多少元？

헤어 커팅 얼마예요？
he eo keo ting eol ma ye yo
剪髮是多少元？

염색하고 커팅해주세요.
yeom saek ha go keo ting hae ju se yo
請幫我染色和剪髮。

웨이브가 있는 갈색 헤어스타일을 원해요.
we i beu ga it neun gal saek he eo seu ta i reul won hae yo
我想要有波浪的褐色頭髮。

나는 머리카락을 잘랐다.
na neun meo ri ka ra geul jal lat da
我剪頭髮了。

나 머리 새로 했어요. 어때요？
na meo ri sae ro hae seo yo eo ttae yo
我換新髮型了。如何？

염색했어요？
yeom saek hae seo yo
你染髮了？

맘에 들어요？
ma me deu reo yo
滿意嗎？

아니요. 맘에 안 들어요.
a ni yo ma me an deu reo yo
不。我不滿意。

아니요. 별로예요.
a ni yo byeol lo ye yo
不。我覺得很普通。

네, 맘에 들어요.
ne ma me deu reo yo
嗯，滿意。

직모인 머리를 원해요.
jik mo in meo ri reul won hae yo
我想要直髮。

곱슬곱슬한 머리를 원해요.
gop seul gop seul han meo ri reul won hae yo
我想要捲髮。

웨이브가 있는 머리를 원해요.
we i beu ga it neun meo ri reul won hae yo
我想要波浪捲。

地點 백화점

bae kwa jeom

百貨公司

實用句

샤넬은 어디에 있어요?
sya ne reun eo di e i sseo yo
香奈爾在哪裡?

향수 좀 보여 주세요.
hyang su jom bo yeo ju se yo
請給我看香水。

남성복 매장은 몇 층에 있어요?
nam seong bok mae jang eun myeot cheung e i seo yo
男性服飾在幾樓?

안내 데스크가 어디에 있습니까?
an nae de seu keu ga eo di e it seup ni kka
詢問台在哪邊 ?

짐을 여기에 둬도 됩니까?
ji meul yeo gi e dwo do doem ni kka
行李可以放在這邊嗎?

사물함은 어디에 있어요?
sa mul ha meun eo di e i sseo yo
置物櫃在哪裡?

면세점은 몇 층이에요?
myeon se jeom eun myeot cheung i e yo
免稅店在幾樓?

특별히 마음에 드는 게 없어요.
teuk byeol hi ma eu me deu neun ge eop seo yo
沒有特別喜歡的。

좀 둘러봐도 될까요 ?
jom dul leo bwa do doel kka yo
我可以逛一下嗎 ?

저것 좀 보여 주세요.
jeo geot jom bo yeo ju se yo
請給我看這個。

이거 입어 봐도 됩니까 ?
i geo i beo bwa do doem ni kka
這可以試穿嗎 ?

다른 것으로 바꿔 주세요.
da reun geo seu ro ba kkwo ju se yo
請幫我換成別的。

언제 사셨어요 ?
eon je sa syeo seo yo
什麼時候買的 ?

삼 일 전에 여기서 샀어요.
sam il jeo ne yeo gi seo sa seo yo
三天前在這裡買的。

이걸 교환하고 싶어요.
i geol gyo hwan ha go si peo yo
我想換貨。

교환 환불 가능 기간은 언제예요 ?
gyo hwan hwan bul ga neung gi ga neun eon je ye yo
幾天之內可以換貨退貨 ?

더 작은 치수로 바꾸고 싶어요.
deo ja geun chi su ro ba kku go si peo yo
我想換小一號的。

바꾸고 싶어요.
ba kku go si peo yo
我想換貨。

여기에 흠집이 있어요. 교환해 주세요.
yeo gi e heum ji bi i sseo yo gyo hwan hae ju se yo
這邊有瑕疵。請幫我換一個。

✈ Track 030

어제 샀는데 환불할 수 있어요?
eo je sat neun de hwan bul hal su i sseo yo
我是昨天買的可以退貨嗎？

물론이죠, 영수증 가지고 계세요?
mul lon i jyo yeong su jeung ga ji go gye se yo
當然，有帶發票嗎？

전혀 사용하지 않았어요.
jeon hyeo sa yong ha ji a na seo yo
我完全沒有用過。

환불해 주시겠어요?
hwan bul hae ju si ge seo yo
可以退貨嗎？

다른 지점에서 샀는데, 이 매장에서 교환 가능해요?
da reun ji jeo me seo sat neun de i mae jang e seo gyo hwan ga neung hae yo
我在其他分店買的，可以在這家店換貨嗎？

이걸 반품하고 싶어요.
i geol ban pum ha go si peo yo
我想退貨。

미국 달러도 받아요?
mi guk dal leo do ba da yo
可以用美金嗎?

아니요, 한국 돈만 받습니다.
a ni yo han guk don man bat seum ni da
不行，只收韓幣。

저를 위해서 면세 양식을 작성해 주세요.
jeo reul wi hae seo myeon se yang si geul jak seong hae ju se yo
請給我免稅單。

입어 봐도 될까요?
i beo bwa do doel kka yo
可以試穿嗎?

물론이죠. 탈의실에서 입어 보세요.
mul lon i jyo ta rui si re seo i beo bo se yo
當然。請在更衣室換。

옷을 사려고 해요.
o seul sa ryeo go hae yo
我想買衣服。

좀 더 작은 치수로 주세요.
jom deo ja geun chi su ro ju se yo
請給我小一點的尺寸。

✈ Track 031

탈의실은 어디예요?
ta rui si reun eo di ye yo
更衣室在哪裡？

이건 얼마예요?
i geon eol ma ye yo
這個多少？

몇 퍼센트 할인해요?
myeot peo sen teu ha rin hae yo
打幾折？（降價幾%？）

이십 퍼센트 할인합니다.
i sip peo sen teu ha rin ham ni da
打8折。（降價20%）

이 가격이 할인 가격이에요?
i ga gyeo gi ha rin ga gyeo gi e yo
這個價格是打折價嗎？

비싸요.
bi ssa yo
很貴。

괜찮은 가격이네요.
gwaen cha neun ga gyeo gi ne yo
價格還可以。

세일은 언제부터 해요？
se i reun eon je bu teo hae yo
拍賣什麼時候會開始？

다음 주 토요일부터 해요.
da eum ju to yo il bu teo hae yo
下星期六開始。

세일은 얼마 동안 해요？
se i reun eol ma dong an hae yo
拍賣期間多久？

일주일 동안 해요.
il ju il dong an hae yo
一個星期。

할인돼요？
hal rin dwae yo
有打折嗎？

반짝 세일 중입니다.
ban jjak se il jung im ni da
秒殺拍賣中。(在很短的時間中有特價)

네, 회원 카드가 있으시면 할인됩니다.
ne hoe won ka deu ga i seu si myeon ha rin doem ni da
有，有會員卡的話就可以打折。

세일 전 가격이 얼마였어요？
se il jeon ga gyeo gi eol ma yeo seo yo
拍賣前原價是多少？

하나 사면 하나 더 주는 행사 중이래요.
ha na sa myeon ha na deo ju neun haeng sa jung i rae yo
現在有買一送一活動。

깎아 주시면 살게요.
kka kka ju si myeon sal ge yo
算我便宜一點我就買。

모두 계산하면 오만칠천원 입니다.
mo du gye san ha myeon o man chil cheon won im ni da
總共是57000元。

신용 카드로 계산해도 돼요？
sin yong ka deu ro gye san hae do dwae yo
可以用信用卡付嗎？

네, 할부로 하시겠습니까？ 일시불로 하시겠습니까？
ne hal bu ro ha si get seum ni kka il si bul lo ha si get seum ni kka
可以，請問要分期付款還是一次付清？

일시불로 할게요.
il si bul lo hal ge yo
一次付清。

여기에 서명해 주시겠습니까 ?
yeo gi e seo myeong hae ju si get seum ni kka
可以請您在這邊簽名嗎？

네.
ne
好。

오케이.
o ke i
OK.

계산하는 곳이 어디예요 ?
gye san ha neun go si eo di ye yo
要在哪裡結帳？

이것도 같이 계산해 주세요.
i geot do ga chi gye san hae ju se yo
這個也一起算。

계산이 잘못 된 것 같아요. 이 금액은 뭐예요 ?
gye san i jal mot doen geot ga ta yo i geu mae geun mwo ye yo
好像有算錯喔。這個金額是什麼？

선물 포장을 해 주세요.
seon mul po jang eul hae ju se yo
請幫我包裝成禮物。

✈ Track 033

어디에서 계산해요 ?
eo di e seo gye san hae yo
要在哪邊付帳？

저쪽 계산대에서 합니다.
jeo jjok gye san dae e seo ham ni da
請在那邊櫃台結帳。

계산하는 곳이 어디예요 ?
gye san ha neun go si eo di ye yo
結帳處在哪裡？

카운터가 어디죠 ?
ka un teo ga eo di jyo
櫃台在哪裡？

영수증 주세요.
yeong su jeung ju se yo
請給我收據。

세금 포함이에요 ?
se geum po ha mi e yo
有含稅嗎？

셔츠를 사지 않으셨어요 ?
syeo cheu reul sa ji a neu syeo seo yo
您沒有買襯衫嗎？

아니요, 안 샀어요.
a ni yo an sa seo yo
沒有，我沒有買。

죄송합니다. 계산이 잘못되었네요.
joe song ham ni da gye sa ni jal mot doe eot ne yo
對不起。結帳金額錯了。

여기 금액이 틀려요.
yeo gi geu mae gi teul lyeo yo
這邊金額錯了。

합계가 틀려요.
hap gye ga teul lyeo yo
合計錯了。

신발은 사지 않았어요.
sin ba reun sa ji a na seo yo
我沒有買鞋子。

받은 거스름돈이 모자랍니다.
ba deun geo seu reum do ni mo ja ram ni da
找的錢不夠喔。

금액이 틀려요. 계산서를 다시 확인해 주세요.
geu mae gi teul lyeo yo gye san seo reul da si hwa gin hae ju se yo
金額錯了。請再確認一次金額。

분실물 센터는 어디예요？
bun sil mul sen teo neun eo di ye yo
失物招領處在哪裡？

안내소에 문의하세요.
an nae so e mun ui ha se yo
請跟詢問台詢問。

개인 물품 보관함 어디에 있어요？
gae in mul pum bo gwan ham eo di e i seo yo
請問置物櫃在哪裡？

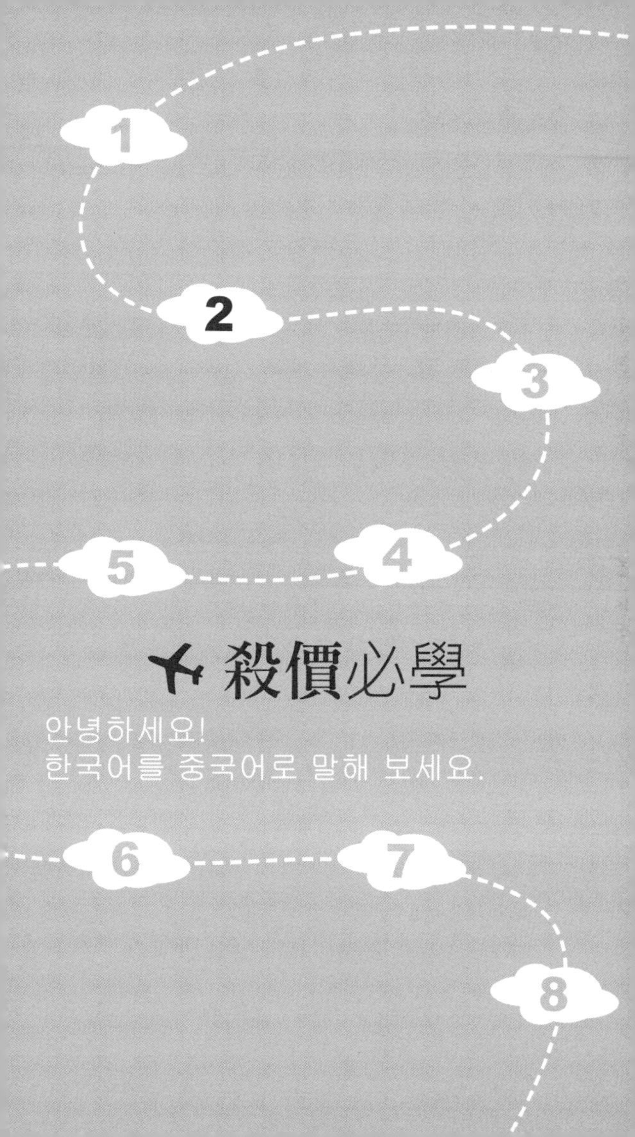
1
2
3
4
5
殺價必學
안녕하세요!
한국어를 중국어로 말해 보세요.
6
7
8

實用句

얼마예요？
eol ma ye yo
多少？

좀 싸게 해주세요.
jom ssa ge hae ju se yo
便宜一點。

깎아 주세요.
kka kka ju se yo
算我便宜一點。

더 깎아 주세요.
deo kkak kka ju se yo
算更便宜一點。

이것 얼마예요？
i geot eol ma ye yo
這個多少錢？

할인 있어요 ？
ha rin i sseo yo
有打折嗎？

할인 없어요 ?
ha rin eop seo yo
沒有打折嗎？

무지무지 이뻐요.
mu ji mu ji i ppeo yo
妳非常非常漂亮。

멋있어요.
meo si sseo yo
你很帥。

비싸요.
bi ssa yo
好貴。

예산은 어느 정도입니까?
ye san eun eo neu jeong do ip ni kka
您的預算是多少呢?

이만원 입니다.
i man won ip ni da
兩萬。

저는 학생이에요.
jeo neun hak saeng i e yo
我是學生。

✈ Track 036

언니~~~
eon ni
姐姐～～～(女生用語)

루나~~~~
ru na
姐姐～～～(男生用語)

예뻐요.
ye ppeo yo
漂亮。

오빠~~~
o ppa
哥哥～～～(女生用語)

아저씨~~~
a jeo ssi
大叔～～～

형~~~
hyeong
哥～～～(男生用語)

이렇게 애교하면 안돼지요？
i reo ke ae gyo ha myeon an dwae ji yo
這樣撒嬌不好吧？

질이 그렇게 볼지 안아요.
jili geu reoh ge boh ji an a yo
質料沒有那麼好。

좀 싸게 해주세요.
jom ssa ge hae ju se yo
請算我便宜一點。

좀 깎아 주세요.
jom kka kka ju se yo
幫我減個價。

이게 제일 잘해 드리는 가격이에요.
i ge je il jal hae deu ri neun ga gyeo gi e yo
這已經是最好的價格了。

여기 흠이 있다.
yeo gi heum i i da
這邊有瑕疵。

너무 비싸요.
neo mu bi ssa yo
太貴了。

다른 가게에서 더 싸게 팔던데요.
da reun ga ge e seo deo ssa ge pal deon de yo
別家賣得更便宜耶。

삼만원에 주면 제가 사겠습니다.
sam man won e ju myeon je ga sa get seum ni da
如果算我三萬我就買。

좀 싸게 해주시면 안돼요 ?
jom ssa ge hae ju si myeon an dwae yo
可以算我便宜一些嗎？

많이 사니까 더 싸게 해주세요.
ma ni sa ni kka deo ssa ge hae ju se yo
我買很多，算我便宜一點。

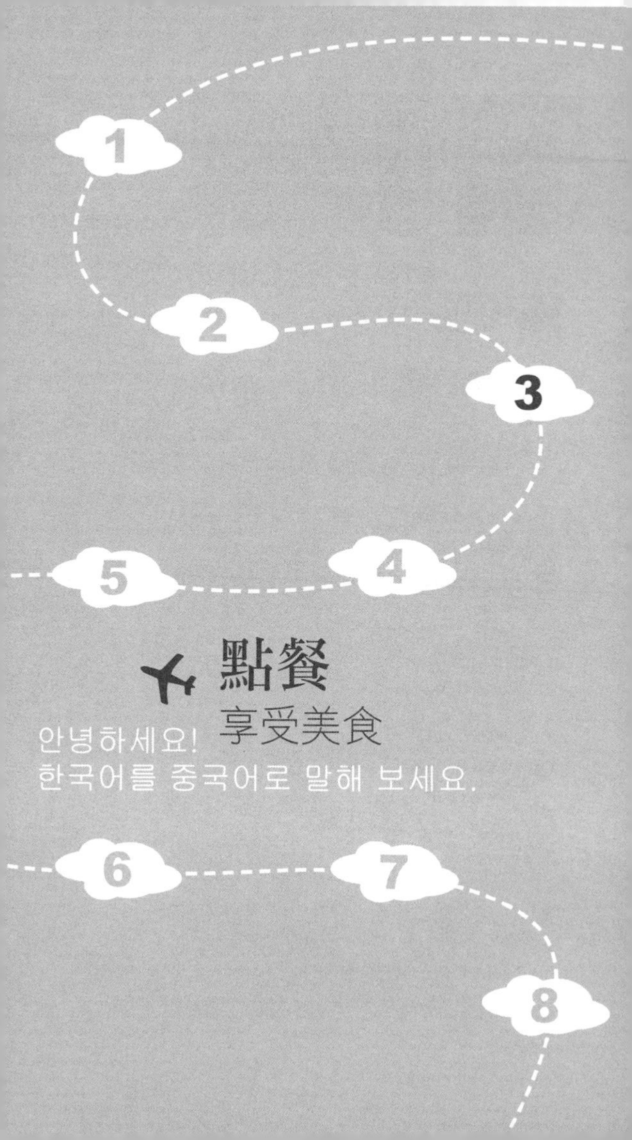
1
2
3
4
5
點餐
享受美食
안녕하세요!
한국어를 중국어로 말해 보세요.
6
7
8

✈ Track 037

地點	삼계탕 식당
	sam gye tang sik dang
	人蔘雞餐廳

實用句

어서 오십시오.
eo seo o sip si o
歡迎光臨。

주문 받아 주세요.
ju mun ba da ju se yo
這邊要點餐。

주문하실래요？
ju mun ha sil lae yo
請問要點餐了嗎？

전복죽이 뭐예요？
jeon bok ju gi mwo ye yo
鮑魚粥是什麼？

사장님, 삼계탕 4개(그릇) 주세요.
sa jang nim sam gye tang ne geu reut ju se yo
老闆，來四碗人蔘雞。

수제비 하나 주세요.
su je bi ha na ju se yo
一份麵疙瘩。

음료수 있어요？
eum nyo su i sseo yo
有飲料嗎？

반찬 더 주세요.
ban chan deo ju se yo
請再給我們一些小菜。

물 더 주세요.
mul deo ju se yo
請再給我們水。

물병 주세요.
mul byeong ju se yo
請給我們水瓶。

대박！
dae bak
超強！

맛있어요.
ma si sseo yo
好吃。

✈ Track 038

맛이 아주 좋네요.
ma si a ju jo ne yo
味道真好。

배불러요.
bae bul leo yo
我飽了。

식사 맛있게 하셨어요？
sik sa ma sit ge ha syeo seo yo
用餐愉快嗎？

컵이 더러워요. 바꿔 주세요.
keo bi deo reo woe yo ba kkwo ju se yo
杯子髒了。請幫我換一個。

여기를 좀 치워 주세요.
yeo gi reul jom chi woe ju se yo
請清理一下這邊。

계산서 주세요.
gye san seo ju se yo
請給我帳單。

모두 얼마예요？
mo du eol ma ye yo
總共多少錢？

신용 카드로 해도 돼요 ?
sin yong ka deu ro hae do dwae yo
可以刷卡嗎？

계산할게요.
gye san hal ge yo
我來付。

따로 계산해 주세요.
tta ro gye san hae ju se yo
請分開算。

✈ Track 039

地點 불고기 식당

bul go gi sik dang

韓式烤肉餐廳

實用句

불고기 이 인분 주세요.
bul go gi i in bun ju se yo
烤肉兩人份。

조금 맵게 해주세요.
jo geum maep ge hae ju se yo
請做成小辣。
（註：韓國人的小辣，其實算是台灣的中辣或大辣。）

살짝 맵게 해주세요.
sal jjak maep ge hae ju se yo
請做成微辣。

맵지 않게 해주세요.
maep ji an ke hae ju se yo
請做成不辣。

안 맵게 해주세요.
an maep ge hae ju se yo
請做成不辣的。

너무 매워요.
neo mu mae woe yo
太辣了。

맛은 어때요?
ma seun eo ttae yo
味道如何?

맛있어요.
ma si sseo yo
好吃。

좋아요.
jo a yo
很好。

차 한잔 주세요.
cha han jan ju se yo
請給我一杯茶。

저기요.
jeo gi yo
那個⋯(叫人時)

✈ Track 040

야채 더 주세요.
ya chae deo ju se yo
請再給我一些生菜。

음료수는 무료 제공이에요?
eum nyo su neun mu ryo je gong i e yo
飲料是免費提供的嗎?

맥주 드세요?
maek ju deu se yo
你喝啤酒?

아니요.
a ni yo
不喝。

사이다 하나 주세요.
sa i da ha na ju se yo
請給我一瓶汽水。

또 오세요.
tto o se yo
再來喔。

네, 수고하세요.
ne su go ha se yo
好,辛苦囉。

Track 041

地點	닭갈비 집
	dak gal bi jip
	辣炒雞排店

實用句

닭갈비 이 인분 주세요.
dak gal bi i in bun ju se yo
辣炒雞排兩人份。

비빔주세요.
bi bim ju se yo
請幫我們拌一拌。

타는 거 같아요.
ta neun geo ga ta yo
好像焦了。

지금 먹어도 돼요？
ji geum meo geo do dwae yo
現在可以吃了嗎？

맛있는 냄새가 나요.
ma sit neun naem sae ga na yo
聞起來很好吃的樣子。

고소한 향이나~
go so han hyang i na
哇，好香喔～

맛이게 보여요.
ma si ge bo yeo yo
看起來好好吃。

맛있겠다.
ma sit get da
一定會很好吃。

자, 먹어 봐요.
ja meo geo bwa yo
來，吃吃看。

응, 맛있어요.
eung ma si sseo yo
嗯，好吃。

와, 요리사, 대단해요.
wa yo ri sa dae dan hae yo
哇，大廚師，好厲害。

어디에서 왔어요？
eo di e seo wa seo yo
你從哪裡來的？

✈ Track 042

대만에서 왔어요.
dae ma ne seo wa seo yo
我是從台灣來的。

한국 사람이에요 ?
han guk sa ra mi e yo
你是韓國人嗎？

대만 사람이에요.
dae man sa ra mi e yo
我是台灣人。

일본 사람이에요 ?
il bon sa ra mi e yo
你是日本人嗎？

아니요. 대만 사람이에요.
a ni yo dae man sa ra mi e yo
不是。我是台灣人。

매워요.
mae woe yo
好辣。

매운 것 잘 안 먹어요 ?
mae un geot jal an meo geo yo
你不吃辣的嗎？

네, 너무 매우면 못 먹어요.
ne neo mu mae u myeon mot meo geo yo
是，我無法吃太辣。

계산하세요.
gye san ha se yo
請算帳。

안녕히 가세요.
an nyeong hi ga se yo
再見。（對要走的人說）

안녕히 계세요.
an nyeong hi gye se yo
再見。（對留在原地的人說）

地點 일반 한국식당

il ban han guk sik dang

一般韓式料理餐廳

實用句

짬뽕 하나 주세요.
jjam ppong ha na ju se yo
請給我一份炒馬麵。

된장찌개 하나, 돈가스 하나, 그리고 부침개 하나 주세요.
doen jang jji gae ha na don ga seu ha na geu ri go bu chim gae ha na ju se yo
一個味增鍋，一個日式豬排飯，然後一個煎餅。

설렁탕 두 개, 부대찌개 하나 주세요.
seol leong tang du gae bu dae jji gae ha na ju se yo
兩份雪濃湯，一份部隊鍋。

김밥 한 줄 주세요.
gim bap han jul ju se yo
我要一條飯捲。

여기서 먹어요？ 아니면 포장해 드릴까요？
yeo gi seo meo geo yo a ni myeon po jang hae deu ril kka yo
您要在這邊吃嗎？還是要包裝起來？

여기서 먹을거에요.
yeo gi seo meo geul geo e yo
我要在這邊吃。

포장해주세요.
po jang hae ju se yo
請幫我包起來。

된장찌개 안에 고기가 있어요？
doen jang jji gae a ne go gi ga i sseo yo
大醬湯裡面有肉嗎？

없어요.
eop seo yo
沒有。

비빔밥 안에 고기가 있어요？
bi bip bap an e go gi ga i sseo yo
拌飯裡面有肉嗎？

없어요.
eop seo yo
沒有。

해물탕 안에 뭐가 있어요 ?
hae mul tang a ne mwo ga i sseo yo
海鮮湯裡面有什麼？

조개, 오징어 다 있어요.
jo gae o jing eo da i sseo yo
有蛤仔，花枝。

새우 없어요 ?
sae u eop seo yo
沒有蝦子？

없어요.
eop seo yo
沒有。

✈ Track 044

地點 커피샵

keo pi syap

下午茶Coffee Shop

實用句

오늘 밤에 시간 있어요 ?
o neul ba me si gan i sseo yo
你今天晚上有空嗎？

토요일 밤에 시간 있어요 ?
to yo il ba me si gan i sseo yo
你星期六晚上有空嗎？

나랑 같이 커피 한잔 드실래요 ?
na rang ga chi keo pi han jan deu sil lae yo
要和我一起喝一杯咖啡嗎？

나랑 같이 커피 한잔 할래요 ?
na rang ga chi keo pi han jan hal lae yo
要和我一起喝一杯咖啡嗎？

같이 차 한잔 하는 거 어때요 ?
ga chi cha han jan ha neun geo eo ttae yo
我們一起喝杯茶如何？

저는 커피를 안 마셔요.
jeo neun keo pi reul an ma syeo yo
我不喝咖啡。

커피말고 다른 음료수 있나요?
keo pi mal go da reun eum nyo su it na yo
除了咖啡，有其他的飲料嗎？

어떤것이 맛있어요?
eo tteon geo si ma si sseo yo
哪種比較好喝？

가장 인기 좋은 음료수 뭐예요?
ga jang in gi jo eun eum nyo su mwo ye yo
哪種飲料最有人氣？

추천 하세요.
chu cheon ha se yo
請推薦。

추천 해줘요.
chu cheon hae jwo yo
推薦給我。

이것 달아요?
i geot da ra yo
這個會甜嗎？

✈ Track 045

어떤 맛이에요？
eo tteon ma si e yo
是什麼味道？

이건 너무 달아요.
i geon neo mu da ra yo
這個太甜了。

맛이 달콤해요.
ma si dal kom hae yo
甜甜的。

맛이 시어요.
ma si si eo yo
酸酸的。

맛이 써요.
ma si sseo yo
苦苦的。

맛이 매워요.
ma si mae woe yo
辣辣的。

빨대 주세요.
ppal dae ju se yo
請給我吸管。

밀크티 하나, 초콜릿 스러쉬 하나 주세요.
mil keu ti ha na cho kol lit seu reo swi ha na ju se yo
一杯奶茶，一杯巧克力冰沙。

버블티 하나, 유자차 두 잔 주세요.
beo beul ti ha na you ja cha du jan ju se yo
一杯珍珠奶茶，兩杯柚子茶。

아이스크림 와플 하나 주세요.
a i seu keu rim wa peul ha na ju se yo
一份冰淇淋鬆餅。

애플파이 하나, 도넛 하나, 아이스티 두 잔 주세요.
ae peul pa i ha na do neot ha na a i seu ti du jan ju se yo
一份蘋果派，一個甜甜圈，兩杯冰茶。

뜨거운 것으로 드릴까요？ 차가운 것으로 드릴까요？
tteu geo un geo seu ro deu ril kka yo cha ga un geo seu ro deu ril kka yo
要熱的還是冰的？

차가운 것으로 주세요.
cha ga un geot eu ro ju se yo
冰的。

이거 리필해 주세요.
i geo ri pil hae ju se yo
我要續杯。

얼음 빼고 주세요.
eo reum ppae go ju se yo
請去冰。

얼음 조금만 넣어 주세요.
eo reum jo geum man neo eo ju se yo
少冰。

따뜻한 거로 주세요.
tta tteut tan geo ro ju se yo
熱的。

무얼 드릴까요？
mu eol deu ril kka yo
需要什麼嗎？

쥬스로 주세요.
jyu seu ro ju se yo
請給我果汁。

아이스크림 두 개 주세요.
a i seu keu rim du gae ju se yo
兩個冰淇淋。

마시면서 이야기하는 게 어떠세요?
ma si myeon seo i ya gi ha neun ge eo tteo se yo
我們一邊喝飲料一邊談這事如何？

물 한잔 주세요.
mul han jan ju se yo
請給我一杯水。

너무 달아요.
neo mu dara yo
太甜了。

컵 하나 주세요.
keop ha na ju se yo
請給我一個杯子。

이건 어떤 맛이에요?
i geon eo tteon ma si e yo
這個是什麼味道？

✈ Track 047

地點 보장마차

bo jang ma cha

路邊攤

實用句

떡볶이 일인분 주세요.
tteok bo kki i rin bun ju se yo
請給我一人份的辣炒年糕。

닭강정 하나주세요.
dak gang jeong ha na ju se yo
請給我一份糖醋雞肉。

큰, 중간, 아니면 작은것 드릴까요？
keun jung gan a ni myeon ja geun geot deu ril kka yo
要大、中還是小的？

작은것 주세요.
ja geun geot ju se yo
請給我小的。

계란빵 하나주세요.
gye ran ppang ha na ju se yo
我要一份雞蛋蛋糕。

이거 얼마예요？
i geo eol ma ye yo
這個多少錢？

오백원이요.
o baek gwo ni yo
500元。

호떡 두 개 주세요.
ho tteok du gae ju se yo
請給我兩個黑糖餅。

어묵 일인분, 순대 하나 주세요.
eo muk gil rin bun sun dae ha na ju se yo
關東煮一份，豬腸一份。

여기서 드실래요？ 아니면 가져갈 거에요？
yeo gi seo deu sil lae yo a ni myeon ga jyeo gal geo e yo
要在這邊吃還是要帶走？

여기서 먹을게요.
yeo gi seo meo geul ge yo
在這邊吃。

가지고 갈게요.
ga ji go gal ge yo
帶走。

포장해주세요.
po jang hae ju se yo
請包裝起來。

만 이천원 입니다.
man i cheon won im ni da
一萬兩千元。

잔돈 가져가세요.
jan don ga jyeo ga se yo
不用找了。

예, 감사합니다.
ye gam sa ham ni da
好的，謝謝。

住宿

안녕하세요!
한국어를 중국어로 말해 보세요.

Track 048

地點 호텔

ho tel

飯店

實用句

예약하려구요.

ye ya ka ryeo gu yo

我想預約。

며칠 머무르실 예정입니까？

myeo chil meo mu reu sil ye jeong im ni kka

預計要停留幾天？

7일 머무를 예정입니다.

chil il meo mu reul ye jeong im ni da

我預計要待7天。

어떤 방을 원하세요？

eo tteon bang eul won ha se yo

您要哪種房間？

싱글룸 부탁드립니다.

sing geul lum bu tak deu rim ni da

請給我單人房。

트윈룸 부탁드립니다.
teu win lum bu tak deu rim ni da
請給我兩張床的雙人房。

더블 룸 부탁드립니다.
deo beul lum bu tak deu rip ni da
請給我一張床的雙人房。

하루 밤에 얼마예요？
ha ru ba me eol ma ye yo
一天晚上要多少？

하루 밤에 십만 원입니다.
ha ru ba me sip man won im ni da
一天晚上十萬。

예약 날짜가 어떻게 되시나요？
ye yak nal jja ga eo tteo ke doe si na yo
要預約什麼時候？

9월23일부터 9월 30일까지입니다.
gu wol i sip sam il bu teo gu wol sam sip il kka ji im ni da
9月23日到9月30日。

체크인 하려구요.
che keu in ha ryeo gu yo
我要辦理入住。

✈ Track 049

예약했어요？
ye ya kae seo yo
有預約嗎？

네, 예약했어요.
ne ye ya kae seo yo
有，有預約。

성함이 어떻게 돼세요？
seong ha mi eo tteo ke dwae se yo
請問姓名是？

김재중입니다.
gim jae jung im ni da
金在中。

네, 있습니다.
ne it seum ni da
好，有的。

이쪽으로 오세요.
i jjo geu ro o se yo
請往這邊來。

체크아웃 하려구요.
che keu a ut ta ryeo gu yo
我要辦理退房。

현금으로 계산하시겠어요? 신용카드로 계산하시겠어요?
hyeon geum eu ro gye san ha si ge seo yo sin nyong ka deu ro gye san ha si ge seo yo
要用現金還是信用卡？

현금으로 할게요.
hyeon geu meu ro hal ge yo
用現金。

신용카드로 할게요.
sin yong ka deu ro hal ge yo
用信用卡。

여기에 사인해주세요.
yeo gi e sa in hae ju se yo
請在這邊簽名。

감사합니다.
gam sa ham ni da
謝謝。

地點 모텔

mo tel

汽車旅館Motel

實用句

저는 3월 21일에 갈 예정이 있습니다.
jeo neun sam wol i sip bi re gal ye jeong i it seum ni da
我預計3月21日要去。

빈방 있어요?
bin bang i sseo yo
有空房嗎?

예, 있습니다.
ye it seum ni da
有,有的。

언제까지 계실 건가요?
eon je kka ji gye sil geon ga yo
請問要待到幾日?

3월29일까지 있을거예요.
sam wol i sip gu il kka ji iseul geo ye yo
我要待到3月29日。

어떤 룸을 원하세요？
eo tteon lu meul won ha se yo
請問您要哪一種房型？

싱글룸은 두 사람 살도돼요？
sing geul lu meun du sa ram sal do dwae yo
單人房可以睡兩個人嗎？

예, 됩니다. 한 사람당 하루 숙박료는 만 원 추가하면 됩니다.
ye doem ni da han sa ram dang ha ru suk bak nyo neun man won chu ga ha myeon doem ni da
是，可以。一個人一晚加一萬的住宿費即可。

이불이나 배개 더 주나요？
i bu ri na bae gae deo ju na yo
會多給棉被和枕頭嗎？

네, 드리겠습니다.
ne deu ri get seum ni da
會的，會給您。

싱글룸은 얼마예요？
sing geul lu meun eol ma ye yo
單人房是多少？

하루밤은 오만원입니다.
ha ru ba meun o man won im ni da
一天晚上五萬元。

트윈룸은 얼마예요 ?
teu win lu meun eol ma ye yo
雙床房是多少 ?

하루밤은 팔만원입니다.
ha ru ba meun pal man won im ni da
一晚八萬元。

그럼 싱글룸 부닥드립니다.
geu reom sing geul lum bu dak deu rim ni da
那請給我們單人房。

계산은 현금으로 하시겠습니까 ?
gye sa neun hyeon geu meu ro ha si get seum ni kka
要用現金付嗎 ?

신용카드로 할게요.
sin yong ka deu ro hal ge yo
用信用卡。

여기 서명해주세요.
yeo gi seo myeong hae ju se yo
請在這邊簽名。

地點 게스트 하우스

ge seu teu ha u seu

民宿Guest House

實用句

안녕하세요.
an nyeong ha se yo
您好。

예약하고 싶어요.
ye ya ka go si peo yo
我想預約。

빈방 있어요？
bin bang i sseo yo
有空房嗎？

언제 올 거예요？
eon je ol geo ye yo
您什麼時候來？

3일후에.
sam il hu e
3天後。

어떤 방을 원하세요?
eo tteon bang eul won ha se yo
您要哪種房間？

싱글룸 원해요.
sing geul lum won hae yo
單人房。

네, 빈방 있습니다.
ne bin bang it seum ni da
有，有空房。

하루 숙박비는 얼마예요?
ha ru suk bak bi neun eol ma ye yo
一天的住宿費是多少？

하루는 사만원부터 팔만원까지입니다.
ha ru neun sa man won bu teo pal man won kka ji im ni da
一天的住宿費是4~8萬。

아침 포함입니다.
a chim po ham im ni da
包含早餐。

토스트랑 계란은 무료로 제공됩니다.
to seu teu rang gye ra neun mu ryo ro je gong doem ni da
免費提供土司和雞蛋。

며칠 머무르실 거예요?
myeo chil meo mu reu sil geo ye yo
您要停留幾天?

5일 머무를 예정입니다.
o il meo mu reul ye jeong im ni da
我預計停留5天。

예약 했어요?
ye yak hae seo yo
有預約了嗎?

없어요.
eop seo yo
沒有。

이름과 전화번호 알려주시면 됩니다.
i reum gwa jeon hwa beon ho al lyeo ju si myeon doem ni da
請給我您的姓名和電話即可。

방은 5층에 있습니다.
bang eun o cheung e it seum ni da
房間在五樓。

비밀번호는 5678입니다.
bi mil beon ho neun o yuk chil pal im ni da
密碼是5678。

감사합니다.
gam sa ham ni da
感謝。

세탁기 있어요？
se tak gi i seo yo
有洗衣機嗎？

헤어드라이어를 빌려 주실 수 있나요？
he eo deu ra i eo reul bil lyeo ju sil su it na yo
請問可以借我吹風機嗎？

오븐 토스터 없어요？
o beun to seu teo eop seo yo
沒有烤土司機嗎？

의류 건조기의 사용 방법을 가르쳐 주십시오.
ui ryu geon jo gi ui sa yong bang beo beul ga reu chyeo ju sip si o
請教我怎麼用衣服烘乾機。

전화의 사용 방법을 가르쳐 주십시오.
jeon hwa ui sa yong bang beo beul ga reu chyeo ju sip si o
請教我怎麼用電話。

地點 고시원/ 고시텔

go si won go si tel

考試院

實用句

빈방 있어요 ?
bin bang i sseo yo
有空房嗎 ?

네, 있습니다.
ne it seum ni da
有，有的。

언제 입실하실 예정이십니까 ?
eon je ip sil ha sil ye jeong i sim ni kka
預計什麼時候入住 ?

오늘이나 내일입니다.
o neul i na nae il im ni da
今天或明天。

얼마동안 계실 겁니까 ?
eol ma dong an gye sil geom ni kka
要待多久 ?

일주일만 있어도 돼요？
il ju il man i seo do dwae yo
只待一星期可以嗎？

예, 괜찮아요. 하루 비용은 만원 입니다.
ye gwaen cha na yo ha ru bi yong eun man won im ni da
嗯，可以。一天是一萬元。

한달.
han dal
一個月。

2개월.
i gae wol
2個月。

가격은 어떻게 되나요？
ga gyeo geun eo tteo ke doe na yo
價格要怎麼算？

방별로 가격이 다릅니다.
bang byeol lo ga gyeo gi da reum ni da
按照房型，價格不一樣。

한 달에 이십 삼만원부터 이십 팔만원 입니다.
han da re i sip sam man won bu teo i sip pal man won im ni da
一個月23～28萬元。

한 달에 삼십 만원부터 팔십만원 입니다.
han da re sam sip man won bu teo pal sip man won im ni da
一個月30～80萬元。

밥과 김치 무료제공입니다.
bap gwa gim chi mu ryo je gong im ni da
免費提供飯和泡菜。

좀 구경하고 난 다음 결정하고 싶어요.
jom gu gyeong ha go nan da eum gyeol jeong ha go si peo yo
我想參觀一下再決定。

먼저 구경해도 돼요？
meon jeo gu gyeong hae do dwae yo
我可以先參觀一下嗎？

네, 여기 이 방은 25만원 입니다.
ne yeo gi i bang eun i sip o man won im ni da
可以，這邊這個房間是25萬。

그리고 이 방은 27만원 입니다.
geu ri go i bang eun i sip chil man won im ni da
然後這個房間是27萬。

전 이 방으로 결정했어요.
jeon i bang eu ro gyeol jeong hae seo yo
我決定要這個房間。

며칠만 머물러도 되나요?
myeo chil man meo mul leo do doe na yo
可以只停留幾天嗎？

가격은 어떻게 되나요?
ga gyeo geun eo tteo ke doe na yo
價格要怎麼算？

하루에 만오천원 입니다.
ha ru e man o cheon won im ni da
一天1萬5千元。

하루에 만원 부터 삼만원 까지하는 방이 있습니다.
ha ru e man won bu teo sam man won kka ji ha neun bang i it seum ni da
一天1～3萬的房間都有。

보증금 필요해요?
bo jeung geum pil ryo hae yo
需要保證金嗎？

네, 오만원 입니다.
ne o man won im ni da
需要，五萬元。

아니에요. 이러면 됩니다. 감사합니다.
a ni e yo i reo myeon doem ni da gam sa ham ni da
不用。這樣就可以了。謝謝。

1층문의 비밀번호 몇번이에요？
il cheung mun ui bi mil beon ho myeot beon i e yo
一樓門的密碼是幾號？

신발을 벗으세요.
sin ba reul beo seu se yo
請脫鞋。

뜨거운 물이 안 나와요.
tteu geo un mu ri an na wa yo
沒有熱水。

문이 잠겼어요.
mu ni jam gyeo seo yo
門被鎖起來了。

地點 찜질방

jjim jil bang

汗蒸幕

註：好一點的汗蒸幕洗澡之外，還有休眠室，可以過夜。

實用句

사우나 가고싶어요.
sa u na ga go si peo yo
我想去三温暖。

찜질방 가 보고 싶어요.
jjim jil bang ga bo go si peo yo
我想去汗蒸幕看看。

좋은 찜질방 추천 해주세요.
jo eun jjim jil bang chu cheon hae ju se yo
請推薦我不錯的汗蒸幕。

수면실 있어요？
su myeon sil i sseo yo
有休眠室嗎？

수면실은 남자 여자 따로 있어요？
su myeon si reun nam ja yeo ja tta ro i sseo yo
休眠室是男生女生分開的嗎？

요금이 얼마예요？
yo geu mi eol ma ye yo
費用是多少？

한사람 당 6000원이에요.
han sa ram dang yuk cheon wo ni e yo
一個人6000元。

때 밀고 싶어요.
ttae mil go si peo yo
我想搓澡。

때 미는 방법 알아요？
ttae mi neun bang beop a ra yo
你會搓澡嗎？

때 밀어 주세요.
ttae mi reo ju se yo
幫我搓澡。

때 밀어 줄게요.
ttae mi reo jul ge yo
我幫你搓澡。

때밀이 요금이 얼마예요?
ttae mi ri yo geu mi eol ma ye yo
搓澡的費用是多少?

이만원 이에요.
i man won i e yo
2萬元。

아파요.
a pa yo
好痛。

살살 해주세요.
sal sal hae ju se yo
輕一點。

마사지 받고싶어요.
ma sa ji bat go si peo yo
我想做按摩。

아로마 마사지 요금이 얼마예요?
a ro ma mat sa ji yo geu mi eol ma ye yo
芳香按摩費用是多少?

삼만원 이에요.
sam man won i e yo
三萬元。

아로마 마사지 해주세요.
geu reom a ro ma ma sa ji hae ju se yo
那請幫我做芳香按摩。

온탕에 들어가자.
on tang e deu reo ga ja
我們進去暖湯吧。

뜨겁다!
tteu geop da
好燙!

너무 뜨거워요.
neo mu tteu geo woe yo
太燙了。

천천히 목욕했어요.
cheon cheon hi mok gyo kae seo yo
我慢慢地洗澡了。

시원해요.
si won hae yo
很舒服。

식혜 한잔 주세요.
si khye han jan ju se yo
請給我一杯甜酒釀。

아주머니, 계란 얼마예요 ?
a ju meo ni gye ran eol ma ye yo
大嬸，雞蛋多少錢 ？

따끈따끈할 때 드세요.
tta kkeun tta kkeun hal ttae deu se yo
趁熱吃。

보관함 열쇠 어디에 있어요 ?
bo gwan ham yeol soe eo di e i seo yo
置物櫃鑰匙在哪裡？

핸드폰 충전하고 싶어요.
haen deu pon chung jeon ha go si peo yo
我手機想充電。

콘센트는 어디에 있어요 ?
corn sen teu neun eo di e i seo yo
插座在哪裡？

짐을 이곳에 놓아도 됩니까 ?
ji meul i go se no a do doem ni kka
行李可以放這邊嗎？

잠깐 짐 좀 맡겨도 될까요 ?
jam kkan jim jom mat gyeo do doel kka yo
可以暫時幫我保管行李嗎？

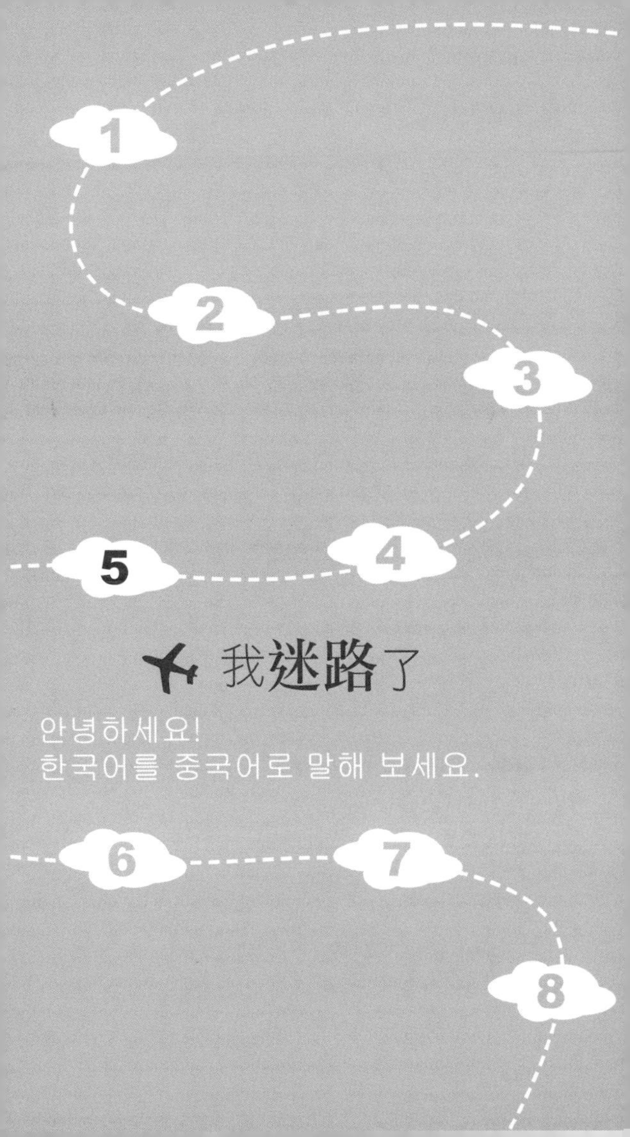
1
2
3
4
5
我迷路了
안녕하세요!
한국어를 중국어로 말해 보세요.
6
7
8

實用句

길을 잃었어요.
gi reul i reo seo yo
我迷路了。

가장 가까운 지하철 역은 어디에 있습니까?
ga jang ga kka un ji ha cheol ryeo geun eo di e it seum ni kka
離這裡最近的捷運站在哪裡?

저는 서울대학교에 가려구요. 어떻게 가면 좋아요?
jeo neun seo wool dae hak gyo e ga ryeo gu yo eo tteo ke ga myeon jo a yo
我想去首爾大學，怎麼走比較好?

화장실 어디예요?
hwa jang sil reo di ye yo
化妝室在哪裡?

입구는 어디예요?
ip gu neun eo di ye yo
入口在哪裡?

출구는 어디예요?
chul gu neun eo di ye yo
出口在哪裡?

압구정에 어떻게 가요 ?
ap gu jeong e eo tteo ke ga yo
要怎麼去狎鷗亭？

명동역은 이 방향 이에요 ?
myeong dong yeo geun i bang hyang i e yo
明洞站是往這個方向嗎？

신촌역은 이쪽에 가는거예요?
sin chon nyeogeun i jjoge ga neun geo ye yo
新村站是往這邊走嗎?

어디서 택시를 탈 수 있나요 ?
eo di seo taek si reul tal su it na yo
請問要在哪裡搭計程車？

택시를 불러 주세요.
taek si reul bul leo ju se yo
請幫我叫計程車。

동대문으로 가주세요.
dong dae mu neu ro ga ju se yo
請到東大門。

김포공항으로 가주세요.
gim po gong hang eu ro ga ju se yo
請載我到金浦機場。

인천공항까지 가면 얼마예요？
in cheon gong hang kka ji ga myeo neol ma ye yo
到仁川機場的話要多少錢？

부산까지 KTX티켓 한 장 주세요.
bu san haeng KTX ti ke seul won ham ni da
一張到釜山的KTX高鐵車票。

여기는 어디예요？
yeo gi neun eo di ye yo
這裡是哪裡？

어디로 가고 싶어요？
eo di ro ga go si peo yo
你想去哪裡？

대구로 가고 싶어요.
dae gu eu ro ga go si peo yo
我想去大邱。

이대로 가고싶어요.
i dae eu ro ga go si peo yo
我想去梨大。

지났어요.
ji na seo yo
已經過了。

아직 안 도착했어요.
a jik an do cha kae seo yo
還沒到。

다음 역이에요.
da eum yeo gi e yo
下一站就是了。

이 버스는 명동에 갑니까?
i beo seu neun myeong dong e gam ni kka
這巴士會到明洞嗎?

명동에 도착하면 알려주세요.
myeong dong e do cha ka myeon al lyeo ju se yo
到明洞的時候請跟我說一聲。

티켓은 어디에서 사는 겁니까?
ti ke seun eo di e seo sa neun geom ni kka
票要在哪裡買?

부산까지 한 장 주십시오.
bu san kka ji han1 jang ju sip si o
一張到釜山的票。

대전까지 왕복 차표 한 장 주십시오.
dae jeon kka ji wang bok cha pyo han jang ju sip si o
請給我一張到大田的來回票。

이 자동판매기 의 사용법을 가르쳐주시겠습니까 ?
i ja dong pan mae gi ui sa yong beo beul ga reu chyeo ju si get seum ni kka
可以教我怎麼用這個自動販賣機嗎？

그곳에 가려면 갈아타야 합니까 ?
geu got e ga ryeo myeon ga ra ta ya ham ni kka
要去那地方必須要轉車嗎？

어디에 갈아 타야 합니까 ?
eo di e gara taya hamni kka
要在哪裡轉車？

여기가 어디입니까 ?
yeo gi ga eo di im ni kka
這裡是哪裡？

공중전화가 어디에 있습니까 ?
gong jung jeon hwa ga eo di e it seum ni kka
請問哪裡有公共電話？

약도를 좀 그려주시겠습니까 ?
yak do reul jom geu ryeo ju si get seum ni kka
可以畫地圖給我嗎？

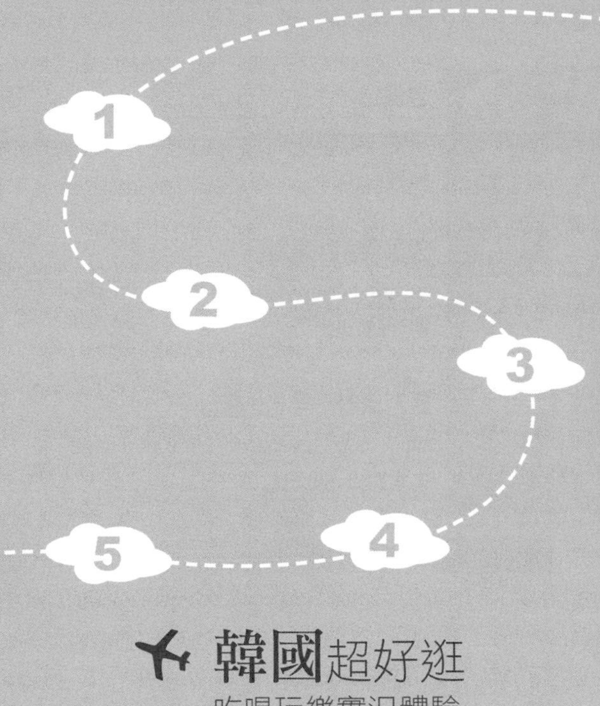

韓國超好逛

吃喝玩樂實況體驗

안녕하세요!
한국어를 중국어로 말해 보세요.

地點

명동

myeong dong

明洞

명동역 6번 출입구

myeong dong yeok yuk beon chul ip gu

明洞站6號出口

을지로입구역 6번 출입구

eul ji ro ip gu yeok yuk beon chul ip gu

乙支路口 6號出口

網友評價好吃的店

安東찜닭

an dong jjimdak

安東燉雞

신선설렁탕

sin seon seol leong tang

神仙雪濃湯

놀부 부대찌개

nol bu bu dae jji gae

挪夫家部隊鍋

토속촌 삼계탕
to sok chon sam gye tang
土俗村　雞湯

영양센타 본점
yeong yang sen ta bon jeom
營養中心本店

介紹

明洞是年輕人喜歡逛的地方，流行時尚的指標地之一，有點像台灣西門町的感覺。全球最貴地價排名第三。

在首爾站隔壁2站，中間的會賢站也很好逛。下午2～3點開始有攤販，美妝、衣服、飾品都有。營業到晚上11點。假日比較多攤販和人潮，是觀光客和年輕人聚集之地。

實用句

아, 오늘 날씨 참 좋아요.
a o neul nal ssi cham jo a yo
啊，今天天氣真好。

그래요.
geu rae yo
是啊。

여기 티셔츠 좀 봐요.
yeo gi ti syeo cheu jom bwa yo
我們看一下這邊的T恤。

Track 060

면티인가？
myeon ti in ga
是棉質T恤嗎？

맞아요.
ma ja yo
沒錯。

나랑 어울려요？
na rang eo wool ryeo yo
適合我嗎？

응, 귀여워요.
eung gwi yeo woe yo
嗯，很可愛。

이런거 좋아해요.
i reon geo jo a hae yo
我喜歡這種的。

난 이거 살게요.
nan i geo sal ge yo
我要買這個。

여기도 들어가 볼까？
yeo gi do deu reo ga bol kka
要不要進去這邊？

네, 가자.
ne ga ja
好，走吧。

이것 예쁘죠 ?
i geot ye ppeu jyo
這個很漂亮吧？

응, 얼마예요 ?
eung eol ma ye yo
嗯，多少？

오만 원.
o man won
五萬元。

좀 비싸네.
jom bi ssa ne
有點貴耶。

다른 곳으로 가자.
da reun go seu ro ga ja
我們去別的地方吧。

아, 이 옷이 마음에 든다.
a i o si ma eu me deun da
啊，這件衣服我喜歡。

저기요. 이것 얼마예요？
jeo gi yo i geot eol ma ye yo
請問，這個多少錢？

만원 입니다.
man won im ni da
一萬元。

할인 없어요？
ha rin eop seo yo
沒有打折嗎？

좋아하면 싸게해 드릴게요.
jo a ha myeon ssa ge hae deu ril ge yo
喜歡的話算你便宜一些。

그래요？ 입어봐도 돼요？
geu rae yo i beo bwa do dwae yo
是嗎？可以試穿嗎？

예, 탈의실 여기 있습니다.
ye tal ui sil yeo gi it seum ni da
可以，更衣室在這邊。

짜잔~~어때요？
jja jan eo ttae yo
鏘鏘～～如何？

예쁘네. 잘 어울려요.

ye ppeu ne jal eo wool ryeo yo

很漂亮耶。很適合你。

싸게 해 주시면 얼마예요？

ssa ge hae ju si myeon eol ma ye yo

算我便宜一些的話可以算多少？

팔천 원.

pal cheon won

八千元。

좋아요. 난 이걸로 살게요.

jo a yo nan i geot i geol lu sal ge yo

好。我要買這個。

예, 감사합니다. 또 와요.

ye gam sa ham ni da tto wa yo

好的。謝謝。再來喔。

네, 안녕히 계세요！

ne an nyeong hi gye se yo

好，再見！

✈ Track 062

實用句

ETUDE HOUSE가 보고싶어요.
ETUDE HOUSE ga bo go si peo yo
我想去ETUDE HOUSE看看。

아, 핑크색~다 핑크색 이에요！
a ping keu saek da ping keu sae gi e yo
啊，粉紅色～都是粉紅色！

이것 뭐예요？
i geot mwo ye yo
這是什麼？

에센스 예요.
e sen seu ye yo
精華液。

이것은요？
i geo seun nyo
這個呢？

크림 이에요.
keu ri mi e yo
面霜。

테스트해봐요.
te seu teu hae bwa yo
試用看看。

응, 시원해요.
eung si won hae yo
嗯，很舒服。

여기 다 팩이에요.
yeo gi da pae gi e yo
這邊都是面膜。

사용 후에 세안해야 돼요？
sa yong hu e se an hae ya dwae yo
使用後要洗臉嗎？

대부분 세안해야 돼요.
dae bu bun se an hae ya dwae yo
大部分都要洗臉。

이런 슬리핑 팩은 사용 후 세안 안 해도 돼요.
i reon seul li ping paek geun sa yong hu se an an hae do dwae yo
這種舒眠面膜使用後不必洗臉。

크림 사용 후에 이거 사용해요.
keu rim sa yong hu e i geo sa yong hae yo
擦完面霜再使用這個。

촉촉하네요！
chok cho ka ne yo
水水的耶！

많이 샀어요.
ma ni sa seo yo
買了好多。

기프트도 많이 받았어요！
gi peu teu do ma ni ba da seo yo
也拿了很多贈品。

기뻐요.
gi ppeo yo
很開心。

實用句

뭘 좀 먹고 싶어요？
mwol jom meok go si peo yo
想吃什麼？

신선설렁탕 먹어 볼래？
sin seon seol leong tang meo geo bol lae
要吃看看神仙雪濃湯嗎？

네.
ne
好。

어서 오세요.
eo seo o se yo
歡迎光臨。

설렁탕 하나, 백세 설렁탕 하나 주세요.
seol leong tang ha na baek se seol leong tang ha na ju se yo
一份雪濃湯，一份百歲雪濃湯。

예.
ye
好的。

점원들 다 브로치 있어요.
jeom won deul da beu ro chi i sseo yo
這裡的服務生都有別徽章。

좋은 하루 되세요！
jo eun ha ru doe se yo
祝您有美好的一天！

→ Track 064

노력하겠습니다！
no ryeok ha get seum ni da
我會努力的！

더 친절하겠습니다！
deo chin jeol ha get seum ni da
我會更親切的！

재미있어요.
jae mi i sseo yo
好有趣啊。

깔끔해요.
kkal kkeum hae yo
很乾淨。

아~ 왔어요.
a wa seo yo
哇～來了。

맛있어요.
ma si sseo yo
好吃。

건강에 좋은 것 같아요.
geon gang e jo eun geot ga ta yo
好像對健康很好。

반찬 더 주세요.
ban chan deo ju se yo
請再多給我一些小菜。

네, 맛있게 드세요.
ne ma sit ge deu se yo
好，用餐愉快。

국이 참 담백하다.
gu gi cham dam bae ka da
湯好清淡啊。

너무 싱겁다면 소금과 후추로 양념을 하세요.
neo mu sing geop da myeon so geum gwa hu chu ro yang nyeo meul ha se yo
如果太淡可以用鹽和胡椒調味。

소금과 후추는 입맛에 따라 넣으세요.
so geum gwa hu chu neun ip ma se tta ra neo eu se yo
請依照自己的口味加鹽和胡椒。

괜찮아요. 담백한 맛이 좋아해요.
gwaen cha na yo dam bae kan ma si jo a hae yo
沒關係。我喜歡清淡的味道。

내 입맛에 딱 맞다.
nae ip ma se ttak mat da
這個剛好合我的口味。

地點

동대문

dong dae mun

東大門

동대문역 8번 출입구

dong dae mun nyeok pal beon chul rip gu ri

東大門站8號出口

동대문 역사문화공원 역14번 출입구

dong dae mun nyeok sa mun hwa gong

won nyeok sip sa beon chul rip gu

東大門歷史文化公園站14號出口

網友評價好吃的店

동화반점

dong hwa ban jeom

東華飯店

교촌치킨

gyo chon chi kin

橋村炸雞

진옥화할매 닭한마리
jin ok hwa hal mae dak han ma ri
陳玉華阿媽-全雞燉鍋

介紹

Migliore, Doota!等好幾棟百貨公司林立，一樓廣場有表演舞台，運氣好的話可以遇到韓流明星迷你演唱會，或者有年輕人的歌唱舞蹈比賽。裡面價格沒有特別便宜，但可以買到看到現在最新流行的款式。

如果想看看清溪川，可以從東大門站8號出口出來直走，會先經過清溪川，然後右手邊就是百貨公司零售區，左手邊是第一平和市場、U;US、NUZZONE等批發市場區。有點類似台灣的五分埔。

百貨公司零售區，營業時間從早上10:30到次日凌晨5:00(週一休息)；批發市場區，營業時間從晚上8:00到次日凌晨4:00(週日晚上8:00後休息)。

如果想直接去逛街，東大門歷史文化公園站14號出口，一出來直走就可以看到這些百貨公司。

實用句

청계천 진짜 예쁘네요.
cheong gye cheon jin jja ye ppeu ne yo
清溪川真是漂亮。

그래요, 폭포수도 있네！
geu rae yo pok po su do it ne
是啊，還有瀑布呢！

공기 참 좋아요.
gong gi cham jo a yo
空氣真好。

응, 이렇게 산책하는 것 아주 유쾌하다.
eung i reo ke san chae ka neun geot a ju you kwae ha da
嗯，這樣散步真是悠閒。

조금 배고파요.
jo geum bae go pa yo
肚子有點餓了。

우리 백화점 방향으로 가자.
u ri baek hwa jeom bang hyang eu ro ga ja
我們往百貨公司方向走過去吧。

와~먹는것 많아요.
wa meok neun geot ma na yo
哇～好多吃的。

불고기 먹고 싶어요？
bul go gi meok go si peo yo
想吃烤肉嗎？

이 식당 좀 봐요.
i sik dang jom bwa yo
我們看一下這家餐廳。

부대찌개 6000원, 김치찌개 6000원, 돌솥밥8000원, 삼계탕9000원.
bu dae jji gae yuk cheon won gim chi jji gae yuk cheong won dol sot bap pal cheon won sam gye tang gu cheon won
部隊鍋6000元，泡菜鍋6000元，石鍋飯8000元， 雞湯9000元。

그렇게 배고프지 않아요.
geu reo ke bae go peu ji a na yo
我沒有那麼餓。

그렇게 많이 안 먹어도 돼요.
geu reo ke ma ni an meo geo do dwae yo
不用吃那麼多也可以。

아니면 우리 근처에 있는 간식 먹을까요？
a ni myeon u ri geun cheo e it neun gan sik meo geul kka yo
還是我們去吃附近的小吃？

네！
ne
好！

핫도그 하나 주세요.
hat do geu ha na ju se yo
請給我一支熱狗。

떡볶이 일 인분 주세요.
tteok bo kki i rin bun ju se yo
請給我一人份的辣炒年糕。

여기에서 먹어요 아니면 가져가요 ?
yeo gi e seo meo geo yo a ni myeon ga jyeo ga yo
這邊吃還是帶走？

여기서 먹어요.
yeo gi seo meo geo yo
這邊吃。

어, 매워요.
eo mae woe yo
喔，好辣。

맛있어요 ?
ma si sseo yo
好吃嗎？

맛있어요.
ma si sseo yo
好吃。

實用句

왜 이렇게 많은 사람들이 모여있어요？
wae i reo ke ma neun sa ram deu ri mo yeo i sseo yo
怎麼聚集了這麼多人？

누가 공연하고 있네！
nu ga gong yeon ha go it ne
有人在表演耶！

누구？누구요？
nu gu nu gu yo
誰？是誰？

CN BLUE구나！
CN BLUE gu na
是CN BLUE！

와！좀 들어볼까？
wa jom deu reo bol kka
哇！要聽一下嗎？

짱이네요.
jjang i ne yo
讚耶。

우리 가야겠다.
u ri ga ya get da
我們該走了。

자, 들어가자！
ja deu reo ga ja
來，進去吧！

와！ 물건이 많아요！！
wa mul geo ni ma na yo
哇！東西好多喔！

자세히 구경하면 몇 시간 걸릴거예요.
ja se hi gu gyeong ha myeon myeot si gan geol lil geo ye yo
如果仔細看的話要逛好幾個小時。

가방 색깔이 예뻐요.
ga bang saek kka ri ye ppeo yo
包包的顏色很漂亮。

옷이 되게 많아요.
ot si doe ge ma na yo
衣服真多。

뭘 사고 싶어요？
mwol sa go si peo yo
你想買什麼？

난 괜찮아요. 그냥 구경하면 돼요.
nan gwaen cha na yo geu nyang gu gyeong ha myeon dwae yo
我還好。逛逛就好。

저는 옷을 사고 싶어요.
jeo neun o seul sa go si peo yo
我想買衣服。

응, 같이 가 봐요.
eung ga chi ga bwa yo
嗯，我陪你一起看吧。

Doota！ 물건 예쁘네！
Doota mul geon ye ppeu ne
Doota！東西好漂亮喔！

근데, 좀 피곤해요.
geun de jom pi gon hae yo
但是，有點累了。

9층에 식당 있어요. 가볼까요？
9 cheung e sik dang i sseo yo ga bol kka yo
9樓有餐廳。要去看看嗎？

네！
ne
好！

✈ Track 067

實用句

오~와플！！
o wa peul
喔～鬆餅！！

빈스빈스 좋은 것 같아요.
bin seu bin seu jo eun geot ga ta yo
BEANSBINS COFFEE似乎很不錯。

먹고 싶어요！
meok go si peo yo
我想吃吃看！

콤비네이션 와플 하나 주세요.
kom bi ne i syeon wa peul ha na ju se yo
百匯鬆餅一份。

딸기맛 아이스크림은 좀 시어요.
ttal gi mat a i seu keu rim eun jom si eo yo
草莓冰淇淋有點酸。

그럼 나 바닐라하고 쵸코릿 맛 선택할게요.
geu reom na ba nil la ha go chyo ko rit mat seon tae kal ge yo
那我選百香和巧克力口味。

아이스 오리지널 밀크티 한 잔, 블루베리 요니치 한 잔 주세요.
a i seu o ri ji neol mil keu ti han jan beul lu be ri yo ni chi han jan ju se yo
冰奶茶一杯，藍莓優格冰砂一杯。

맛있어요！
ma si sseo yo
好吃！／好喝！

대박이다！
dae ba gi da
太強了！

행복해요！
haeng bo kae yo
好幸福！

그럼 지금 집에 가요？
geu reom ji geum ji be ga yo
那現在要回家了嗎？

네, 집에 가고 싶어요.
ne ji be ga go si peo yo
嗯，我想回家了。

엘리베이터 타면 안될까요? 에스컬레이터 타면 시간 많이 걸려요.

el li be i teo ta myeon an doel kka yo e seu keol le i teo ta myeon si gan ma ni geol lyeo yo

可以搭電梯嗎？搭手扶梯要花好多時間。

저기요. 엘리베이터 어디에 있습니까?

jeo gi yo el li be i teo eo di e it seum ni kka

請問。電梯在哪裡？

저기 뒤에 있어요.

jeo gi dwi e i sseo yo

在那邊的後面。

네, 알겠습니다. 감사합니다.

ne al get seum ni da gam sa ham ni da

好，我知道了。謝謝。

地點	이화여자대학교
	i hwa yeo ja dae hak gyo
	梨花女子大學
	이대역2、3번출구
	i dae yeok gi sam beon chul gu
	梨大2或3號出口

網友評價不錯的店

원할머니보쌈 이대역점
won hal meo ni bo ssam i dae yeok jeom
元祖奶奶-菜包肉(梨大站店)

가미분식
ga mi bun sik
加味麵館

介紹

從梨大2或3號出口出來都可以，兩個出口中間那條路一直走到底就會到梨花大學正門口。著名的女人街就是在這邊。

梨花女子大學附近的商圈，有衣服、化妝品、飾品、咖啡廳，逛起來很悠閒舒適，衣服也很漂亮，價格比明洞和東大門百貨大樓便宜許多。這裡的學生出了名會打扮，出門上課幾乎都是高跟鞋、完整的妝容髮型，個個精心打扮。

面向梨大學校門口往左轉就是往新村的方向，一路上也很多餐廳、咖啡館、書局，很好逛。附近的延世大和新村站也是非常值得逛逛的好地方。

實用句

내일 이대 갈거에요.
nae il i dae gal geo e yo
我明天要去梨大。

그럼 멋있게 꾸며야겠다.
geu reom meo sit ge kku myeo ya get da
那我得好好打扮才行。

꾸미지 않아도 돼요. 이미 멋있어요. 오히려 제가 잘 꾸며야 겠어요.
kku mi ji a na do dwae yo i mi meo si sseo yo o hi ryeo je ga jal kku myeo ya ge seo yo
你不用打扮啊。已經很帥了。反而是我應該好好打扮呢。

와！ 오늘 많이 달라요！ 인형 같이 예뻐요.
wa o neul ma ni dal la yo in hyeong ga chi ye ppeo yo
哇！你今天真不一樣！跟洋娃娃一樣漂亮。

고마워요.
go ma woe yo
謝謝。

이것 예쁘다. 입어 볼래?
i geot ye ppeu da i beo bol lae
這個很漂亮。你要穿看看嗎？

응, 입어 볼게요.
eung i beo bol ge yo
嗯，我穿看看。

아! 완전 아름다워요!
a wan jeon a reum da woe yo
啊！真是有夠美！

오늘 왜 이렇게 마음이 착하니?
o neul wae i reo ke ma eu mi cha ka ni
你今天怎麼這麼善良？

하하, 나 원래 착한사람이야.
ha ha na won lae cha kan sa ra mi ya
哈哈，我本來就是善良的人啊。

다리 좀 아파요.
da ri jom a pa yo
腳有點痠。

앞에 커피숍 갈까?
a pe keo pi syop gal kka
要不要去前面的咖啡館？

응, 좋아.
eung jo a
嗯，好啊。

뭘 드실래요？오늘 내가 사줄게.
mwol deu sil lae yo o neul lae ga sa jul ge
想喝什麼？今天我請客。

와！고마워요.
wa go ma woe yo
哇！謝謝。

이거요.
i geo yo
這個。

이것 하나, 샌드위치 하나 주세요.
i geot ha na saen deu wi chi ha na ju se yo
這個一個，三明治一個。

홍차하고 꿀매실차 주세요.
hong cha ha go kkul mae sil cha ju se yo
紅茶和蜂蜜梅子茶。

시원한 거 또는 따뜻한 거요？
si won han geo tto neun tta tteu tan geo yo
冰的還是熱的？

홍차는 따뜻한 거 꿀매실차는 시원한 걸로 주세요.
hong cha neun tta tteu tan geo kkul mae sil cha neun si won han geol lo ju se yo
紅茶要熱的蜂蜜梅子茶要冰的。

얼음 빼고 주세요.
eo reum ppae go ju se yo
去冰。

분위기 좋아요.
bun wi gi jo a yo
氣氛真好。

조용하네요.
jo yong ha ne yo
很安靜呢。

편해요.
pyeon hae yo
好舒適。

맛이 어때요？
ma si eo ttae yo
味道如何？

좋아요.
jo a yo
很棒。

입술에 뭐가 묻었네요.
ip su re mwo ga mu deot ne yo
你的嘴巴沾到東西了。

어디요？
eo di yo
哪裡？

여기.
yeo gi
這裡。

고마워.
go ma woe
謝謝。

地點

신촌

sin chon

新村

신촌역 1번 출구

sin chon yeok il beon chul gu

新村站1號出口

網友評價不錯的店

춘천집 닭갈비
chun cheon jip dak gal bi
春川家辣炒雞排

신촌 설렁탕
sin chon seol leong tang
新村雪濃湯

서서 먹는 갈비집
seo seo meok neun gal bi jip
站著吃烤肉

介紹

從新村地鐵站往延世大學方向走，這條路名稱為延世路，是新村的中心大道。咖啡廳、商店、餐廳、小吃店雲集。

從延世大學連接到附近的梨花女子大學、西江大學和弘益大學，成為了一條大學街，許多的年輕人經常在這邊逛街吃飯。

實用句

사람들 많아요！
sa ram deul ma na yo
人好多！

오늘 저녁식사 불고기 먹자！
o neul jeo nyeok sik sa bul go gi meok ja
今天晚上吃烤肉吧！

불고기 이인 분 주세요.
bul go gi i in bun ju se yo
請來兩人份烤肉。

술 마실래요？
sul ma sil lae yo
要喝酒嗎？

아니요. 난 사이다 마시고 싶어요.
a ni yo nan sa i da ma si go si peo yo
不。我想喝汽水。

술 안 마셔요 ?
sul an ma syeo yo
你不喝酒嗎？

안 마셔요. 건강에 안 좋아요.
an ma syeo yo geon gang e an jo a yo
不喝。對健康不好。

그래 ?
geu rae
是嗎？

그래.
geu rae
是啊。

지금 먹어도 돼요.
ji geum meo geo do dwae yo
現在可以吃了。

맛있겠다 !
mat sit get da
一定很好吃！

자, 먹어 봐요.
ja meo geo bwa yo
來，吃吃看。

맛있어요 ?
ma si sseo yo
好吃嗎 ?

응, 맛있어요.
eung ma si sseo yo
嗯，好吃。

근처 좀 구경하고 싶어요.
geun cheo jom gu gyeong ha go si peo yo
我想逛一下附近。

응, 신촌에서 이대 방향으로 가면 볼만한 거리가 많아요.
eung sin cho ne seo i dae bang hyang eu ro ga myeon bol man han geo ri ga ma na yo
嗯，從新村往梨大方向走有很多值得看的東西。

응, 그럼 우리 산책하며 구경 할까요 ?
eung geu reom u ri san chae ka myeo gu gyeong hal kka yo
嗯，那我們要一邊散步一邊參觀嗎 ?

네, 가자.
ne ga ja
好，走吧。

이 모자써봐.

i mo ja sseo bwa

這帽子你戴看看。

우, 귀엽네.

u gwi yeop ne

嗚，可愛。

이것, 선크라스 써봐요.

i geot seon keu ra seu sseo bwa yo

這個，太陽眼鏡你戴看看。

어, 멋이다.

eo meo si da

喔，好帥。

이 핑크색 하이힐 뭐예요？

i ping keu saek ha i hil mwo ye yo

這個粉紅色高跟鞋是做什麼的？

여기 큰 문구가게의 간판 이에요.

yeo gi keun mun gu ga ge ui gan pan i e yo

這邊一家大文具店的看板。

좀 추워요.

jom chu woe yo

有點冷。

따뜻한 것을 마실래요 ?
tta tteut tan geo seul ma sil lae yo
要喝點熱的東西嗎？

응, 괜찮아요.
eung gwaen cha na yo
嗯，沒關係。

이것 가져.
i geot ga jyeo
這個你拿著。

이것 뭐예요 ?
i geot mwo ye yo
這是什麼？

찜질기.
jjim jil gi
暖暖包。

고마워요.
go ma woe yo
謝謝。

地點

남대문

nam dae mun

南大門

회현역4、5번 출구

hoe hyeon yoek sa o beon chul ip gu

會賢站4、5號出口

網友評價不錯的店

원조韓牛村
won jo han u chon
元祖韓牛村(7號出口)

가메골 엣날 손 왕만두
ga me gol ret nal son wang man du
卡梅谷傳統手工包子

손 칼국수 집
son kal guk su jip
手工刀削麵

순천왕족발
sun cheon wang jok bal
舜天屋王豬腳

介紹

南大門為韓國最大的綜合傳統市場。這邊可以買到非常便宜的韓國風格禮品、民俗工藝品、衣服、行李箱、雜貨、土產、食品、廚房用品等必需品，品質不錯。

另外有許多在建築物裡面的商場，包括飾品批發、眼鏡行、登山用品、電子用品、數位相機、相機、各式鐘錶。

實用句

노점상이 많구나！
no jeom sang i man ku na
路邊攤好多！

먹는 것도 많아요！
meok neun geot do ma na yo
吃的東西也很多！

그건 뭐예요？ 계란빵？
geu geon mwo ye yo gye ran ppang
那是什麼？雞蛋蛋糕？

호두과자 예요.
ho du gwa ja ye yo
是核桃蛋糕。

맛있는 거예요 ?
ma sit neun geo ye yo
是好吃的東西嗎？

예, 맛있는 거예요.
ye ma sit neun geo ye yo
是的，是好吃的東西。

먹고 싶어요 ?
meok go si peo yo
想吃嗎？

먹고 싶어요 !
meok go si peo yo
我想吃。

아줌마, 호두과자 일인 분 주세요.
a jum ma ho du gwa ja i rin bun ju se yo
大嬸，請給我核桃蛋糕一人份。

뭘 샀어요 ?
mwol sa seo yo
你買了什麼？

만두.
man du
水餃。

하나 먹어 봐요.
ha na meok go bwa yo
你吃一個看看。

고마워요. 응~맛있어요.
go ma wo yo eung ma si sseo yo
謝謝。嗯～好吃。

와！！！목걸이！
wa mok geo ri
哇！！！項鍊！

여기는 악세서리 도매시장 이에요.
yeo gi neun ak se seo ri do mae si jang i e yo
這邊是飾品批發市場。

귀걸이！ 정말많아요！
gwi geo ri jeong mal ma na yo
耳環！好多喔！

응, 제가 상가도 아닌데 사도 돼요？
eung je ga sang ga do a nin de sa do dwae yo
嗯，我不是店家可以買嗎？

확정할 수 없어요. 물어 봐야돼요.
hwak jeong hal su eop seo yo mu reo bwa ya dwae yo
不確定。要問問看才行。

우리는 상가아닌데 사도 돼요?
u ri neun sang ga a nin de sa do dwae yo
我們不是店家可以買嗎？

예.
ye
可以。

이렇게 많이 사요?
i reo ke ma ni sa yo
你要買這麼多嗎？

응, 예뻐요?
eung ye ppeo yo
嗯，漂亮嗎？

예뻐요.
ye ppeo yo
漂亮。

와, 장사할거에요?
wa jang sa hal geo e yo
哇，你要開店囉？

좋은 생각이에요..
jo eun saeng ga gi e yo
好主意。

아마 그럴 수도 있어요.
a ma geu reol su do i sseo yo
或許喔。

우리는 도매상이므로 소매를 하지 않는다.
u ri neun do mae sang i meu ro so mae reul haji an neun da
我們是批發商，不零售。

그는 도매로 가져와서 소매로 판다.
geu neun do mae ro ga jyeo wa seo so mae ro pan da
他批貨品來零售。

낱개로도 파나요？
nat gae ro do pa na yo
有零售嗎？

Track 072

地點	이태원
	i tae won
	梨泰院
	이태원역 3번출구
	i tae won yeok sam beon chul gu
	梨泰院站3號出口

網友評價不錯的店

THAI ORCHID 道地泰國菜

PANCHO'S 墨西哥餐廳

청사초롱 清紗草籠 韓式宮廷料理

라타볼라 LA TAVOLA 義大利披薩

HO LEE CHOW 美味中國菜

介紹

梨泰院，是首爾最充滿異國風情的地區，吸引著來自世界各地的外國人，這裡的街道風情異於韓國一般街頭。

梨泰院以時尚的鞋類、毛皮及皮大衣著名，梨泰院商店街店家的老闆，大部份都具備基礎的英語能力。從運動服、戶外登山裝備、旅行用行李箱、訂做的服裝、飾品到棒球帽，甚至古董到傳統的紀念品都有，想要買的東西，在這裡都可以找得到！

街頭小舖中最有特色的地方是梨泰院市場和VICTORY TOWN。梨泰院市場可以用很便宜的價格，購買到各種名牌的衣類。如果想要買大尺寸衣服的話，建議可以前往VICTORY TOWN的3樓尋找。來到這裡的購物客最常買運動休閒服飾、外套、訂做套裝等。梨泰院美食也是各國料理應有盡有，有的餐廳甚至有表演唷。

實用句

한국 돈으로 바꿔 주세요.
han guk don eu ro ba kkwo ju se yo
請換成韓幣。

여기 외국인 많아요.
yeo gi oe gu gin ma na yo
這裡好多外國人。

맞아요.
ma ja yo
沒錯。

나이트클럽 안에 더 많아요.
na i teu keul leop a ne deo ma na yo
夜店裡更多。

여기 볼만한 것이 뭐예요？
yeo gi bol man han geo si mwo ye yo
這邊有什麼值得看的嗎？

많죠.
man chyo
很多啊。

우리 밤에 클럽 갈까？
u ri ba me keul leop gal kka
我們晚上要去夜店嗎？

여자를 만나러 가는 거지？
yeo ja reul man na reo ga neun geo ji
你是想去找女人吧？

아니요. 좀 복잡하자나.
a ni yo jom bok ja pa ja na
沒有。那裡不是有點複雜嗎。

흐흐, 사실은 난 조금 무서워. 우리 다른 곳에 가면 안될까요？
heu heu sa si reun nan jo geum mu seo woe u ri da reun go se ga myeon an doel kka yo
呵呵，其實我有點怕。我們不能去別的地方嗎？

그럼 어쩔수 없네요. 그래요.
geu reom eo jjeol su eop ne yo geu rae yo
那就沒辦法了。好吧。

✈ Track 073

地點	춘천 명동
	chun cheon myeong dong
	春川明洞
	강원도
	gang won do
	江原道
	지하철 춘천 명동역 1번 출구
	ji ha cheol chun cheon myeong dong yeok 1 beon chul gu
	地鐵春川明洞站1號出口

網友評價不錯的店

명동1번지
myeong dong il beon ji
明洞一號店

介紹

位在春川中心明洞的春川辣炒雞巷弄，是春川最有名的小吃街，因辣炒雞和蕎麥麵的店雲集而著名。春川辣炒雞排就是去骨的雞肉切成塊，塗上加入辣椒醬的調料，醃製一天左右再混合高麗菜、洋蔥、地瓜、年糕一起放到鐵盤上炒出來的食物。可以包生菜葉吃，也可直接吃。雞肉吃完後，還可在剩下的調料裡加入白飯炒來吃。味道甜甜辣辣的，很好吃。

位於春川中心的明洞街區，有服裝、皮包、鞋類、首飾等商店及速食店、劇院。和附近的南怡島皆是韓劇冬季戀歌的拍攝場景，風景優美，值得一逛。

實用句

춘천 명동에 어떻게 가요？
chun cheon myeong dong e eo tteo ke ga yo
春川明洞要怎麼去？

지하철 타면 돼요. 춘천역 이에요.
ji ha cheol ta myeon dwae yo chun cheon yeok gi e yo
搭地鐵就可以了。到春川站。

네, 감사합니다.
ne gam sa ham ni da
好的，謝謝。

안녕하세요？ 춘천 명동은 어디예요？
an nyeong ha se yo chun cheon myeong dong eun eo di ye yo
您好？春川明洞在哪裡？

1번 출구 지나서 직진 하면 약 15분 지나 도착할수 있어요. 아니면 버스를 타 도 돼요.
il beon chul gu ji na seo jik jin ha myeon yak sip o bun ji na do chak hal su i sseo yo a ni myeon beo seu reul ta do dwae yo
過1號出口直走約15分就到了。不然也可以搭巴士。

버스 어떻게 타요?
beo seu eo tteoke ta yo
要怎麼搭巴士?

E-MART건너편 버스 정류장에 가서, 3,5,64,66번 버스 타고 명동입구에 내리면 됩니다.
E-MART geon neo pyeon beo seu jeong nyu jang e ga seo sam o yuk sip sa yuk sip yuk beon beo seu ta go myeong dong ip gu e nae ri myeon doem ni da
到E-MART對面的巴士站，搭3、5、64、66號車，到明洞入口站下車就可以了。

감사합니다!
gam sa ham ni da
謝謝!

이거 봐! 싸요.
i geo bwa ssa yo
你看!好便宜。

어, 싸네.
eo ssa ne
喔，便宜耶。

오늘 쇼핑 많이 하겠네.
o neul syo ping ma ni ha get ne
今天要好好shopping一下了。

배고파요.
bae go pa yo
肚子餓。

나도.
na do
我也是。

춘천 닭갈비 먹어봤어요？
chun cheon dak gal bi meo geo bwa seo yo
你有吃過春川炒雞排嗎？

여기 오면 닭갈비 꼭 먹어야지.
yeo gi o myeon dak gal bi kkok meo geo ya ji
來到這裡當然要吃炒雞排呀。

아주 유명해요.
a ju you myeong hae yo
很有名。

실례이지만, 춘천 명동 닭갈비 골목 어디예요 ?
sil lye i ji man chun cheon myeong dong dak gal bi gol mok eo di ye yo
請問，春川明洞炒雞排巷在哪裡？

이쪽으로 가면 길 맞은편 골목이 바로 닭갈비 골목 이예요.
i jjo geu ro ga myeon gil ma jeun pyeon gol mo gi ba ro dak gal bi gol mo gi ye yo
往這邊走過馬路之後就是炒雞排巷子。

예, 감사합니다.
ye gam sa ham ni da
好的，感謝。

헐~~ 다 춘천 닭갈비이네요.
heol da chun cheon dak gal bi i ne yo
厚～～？都是叫做春川炒雞排。
（註：헐～是最近韓國的流行語，年輕人尤其是男生想表示驚訝、驚嘆時會說헐～～～。）

제일 맛있는 집 가자.
je il ma sit neun jip ga ja
我們去最好吃的那一家。

여기 이 집이 맛있을 것 같아요.
yeo gi i ji bi ma sit seul geot ga ta yo
這邊這一家看起來很好吃。

그럼 여기에서 먹을까요 ?
geu reom yeo gi e seo meo geul kka yo
那要在這邊吃嗎 ?

예.
ye
好。

어서오세요.
eo seo o se yo
歡迎光臨。

몇 분이십니까 ?
myeot bu ni sip ni kka
請問有幾位 ?

여기에 앉으십시오.
yeo gi e an jeu sip si o
請坐這邊。

地點

롯데마트

rot de ma teu

樂天超市LOTTE MART

서울역 1번출구

seo wool yeok il beon chul gu

首爾站1號出口

잠실역 4번 출구

jam sil ryeok sa beon chul gu

蠶室站4號出口

實用句

로데 마트 앞쪽에 있어요.
ro de ma teu ap jjo ge i sseo yo
樂天超市就在前面。

가보고 싶어요？
ga bo go si peo yo
想去嗎？

네, 가자.
ne ga ja
想，走吧。

하하！ 어떤 거 사고 싶어요？
ha ha eo tteon geo sa go si peo yo
哈哈！你想買什麼？

다 사고 싶어요.
da sa go si peo yo
全部都想買。

흐흐.
heu heu
呵呵。

진정해.
jin jeong hae
請冷靜。

돈을 낭비하지마.
do neul nang bi ha ji ma
不要浪費錢。

네, 알겠습니다.
ne al get seum ni da
好，知道了。

쇼핑 카트는 어디에 있어요？
syo ping ka teu neun eo di e i sseo yo
採購推車在哪裡？

과일 코너는 어디예요？
gwa il ko neo neun eo di ye yo
水果區在哪邊？

야채 코너는 어디예요？
ya chae ko neo neun eo di ye yo
蔬菜區在哪裡？

저기 정육 판매대 옆에 있습니다.
jeo gi jeong yuk pan mae dae yeo pe it seum ni da
在肉販區的旁邊。

수입 상품은 어디서 팔아요？
su ip sang pu meun eo di seo pa ra yo
進口產品在哪裡賣？

치약은 어디 있어요？
chi ya geun eo di i sseo yo
牙膏在哪裡？

오늘의 특가 상품은 뭐예요？
o neu rui teuk ga sang pu meun mwo ye yo
今天的特價商品是什麼？

유통 기한이 지났어요.
you tong gi han i ji na sseo yo
過期了。

먹어 봐도 돼요？
meo geo bwa do dwae yo
可以試吃看看嗎？

짜잔~~나 이것들을 전부 살거야..
jja jan na i geot deu reul jeon bu sal geo ya
鏘鏘～～～這些全部我都要買。

오, 많네.
o man ne
喔，好多耶。

아, 많지 않아요.
a man chi a na yo
啊，不多。

계산대는 어디지？
gye san dae neun eo di ji
結帳處在哪裡？

저기예요.
jeo gi ye yo
那邊。

안 보여요.
an bo yeo yo
沒看到。

저~~~쪽이에요. 봤어요？
jeo jjo gi e yo bwa seo yo
那～～～邊。看到了嗎？

어, 네, 이제 보여요.
eo ne i je bo yeo yo
喔，有。現在看到了。

봉지 주세요.
bong ji ju se yo
請給我袋子。

비닐 봉지로 드릴까요？ 종이 봉지로 드릴까요？
bi nil bong ji ro deu ril kka yo jong i bong ji ro deu ril kka yo
請問要塑膠袋還是紙袋？

비닐 봉지로 주세요.
bi nil bong ji ro ju se yo
塑膠袋。

종이 봉지로 주세요.
jong i bong ji ro ju se yo
紙袋。

배달해 줘요 ?
bae dal hae jwo yo
可以用快遞送嗎？

네, 해 드립니다.
ne hae deu rim ni da
是，我幫您用快遞。

이것을 대만로 배달해 주세요.
i geo seul dae man no bae dal hae ju se yo
請幫我快遞到台灣。

언제쯤 배달돼요 ?
eon je jjeum bae dal dwae yo
什麼時候會送到呢？

모레까지 됩니다.
mo re kka ji doem ni da
後天會到。

집까지 배달해 주세요 ?
jip kka ji bae dal hae ju se yo
可以送貨到家嗎？

토요일에 받고 싶어요.
to yo i re bat go si peo yo
我想星期六收到。

배달 당일 다시 전화해 주세요.
bae dal dang il da si jeon hwa hae ju se yo
送貨當天請再打一次電話給我。

이것을 힐튼호텔로 배달해 주세요.
i geo seul hil teun ho tel lo bae dal hae ju se yo
請送貨到希爾頓飯店。

배달해 주세요.
bae dal hae ju se yo
請幫我寄貨。

그 날은 집에 사람이 없어요.
geu na reun ji be sa ra mi eop seo yo
這一天家裡沒人。

다음 주까지 그 제품을 받아야 해요.
da eum ju kka ji geu je pu meul ba da ya hae yo
最晚下星期必須要收到。

Track 076

地點

홍익대학교

hong ik dae hak gyo

弘益大學

홍대입구역 5번출구

hong dae ip gu yeok o beon chul gu

弘大入口站五號出口

網友評價不錯的店

커피프린스 1호점
keo pi peu rin seu il ho jeom
咖啡王子1號店

열봉찜닭
yeol bong jjim dak
烈鳳燉雞

秀노래방
show no rae bang
秀KTV

롯데시네마
rot de si ne ma
樂天電影院

介紹

弘大街頭充滿了年輕人的活力、獨特的小店、Bar及咖啡廳。從手工製品、精品、波西米亞風到華麗高貴的店家，加上各種展示會、公演、live咖啡廳、Club夜店。其中秀KTV常有韓星到裡面唱歌，錄影取景。

實用句

헐, 커피숍.
heol keo pi syop
厚，咖啡館。

짱이다.
jjang i da
讚。

어떤 커피숍 가보고싶어요？
eo tteon keo pi syop ga bo go si peo yo
你想去哪間咖啡廳？

STARBUCKS대만에도 있어요.
STARBUCKS dae man e do i sseo yo
星巴克台灣也有。

이거는요？
i geo neun nyo
這家呢？

와퍼 ! 맛있어요 ?
wa peo ma si sseo yo
鬆餅！好吃嗎？

저도 안 먹어봤어요.
jeo do an meo geo bwa seo yo
我也沒吃過。

여기 안 와봤어요 ?
yeo gi an wa bwa seo yo
你沒有來過這邊？

와봤어요. 당연하지. 단 이 와퍼를 안먹어 봤지.
wa bwa seo yo dang yeon ha ji dan i wa peo reul an meo geo bwat ji
來過。當然。只是沒吃過這鬆餅。

흐흐. 알았어요.
heu heu a ra seo yo
呵呵。知道了。

어, 이것 뭐예요 ?
eo i geot mwo ye yo
喔，這什麼？

팔찌 차봐도 돼요?
pal jji cha bwa do dwae yo
戒指可以戴看看嗎？

응, 차봐요.
eung cha bwa yo
嗯，戴看看。

예뻐요?
ye ppeo yo
漂亮嗎？

예뻐요.
ye ppeo yo
漂亮。

여기 좋은 것 같아요.
yeo gi joeun geot ga ta yo
這裡似乎很不錯。

응, 들어가자.
eung deu reo ga ja
嗯，我們進去吧。

地點	인사동
	in sa dong
	仁寺洞
	안국정 6번 출구
	an guk jeong yuk beon chul gu
	安國站 6號出口

網友評價好吃的店

O'sulloc Tea House

메리고라운드 스테이크 키친
Merry go Round STEAK KITCHEN
旋轉木馬牛排西餐

양반댁
yang ban daek
兩班宅

介紹

仁寺洞的感覺很像台灣的老街，古色古香，走在這邊悠閒自在。仁寺洞有很多的傳統茶茶店，也有許多專門賣韓國傳統的工藝品、小紀念品的店。仁寺洞大街上也有中文導覽員，有想要問路等幫助都可以詢問他們喔。

實用句

도착했어요！ 쌈지길 여기 있어요.
do chak hae seo yo ssam ji gil yeo gi i sseo yo
到了！三之路(音譯ㅅㅅ)在這邊。

이쪽으로 들어가자.
i jjo geu ro deu reo ga ja
往這邊進來。

문화 예술 분위기가 가득하네.
mun hwa ye sul bun wi gi ga ga deu ka ne
真是充滿文化藝術的氣息啊。

그래요.
geu rae yo
是啊。

디자인 좋은 물건도 많아요.
di ja in jo eun mul geon do ma na yo
設計得不錯的東西很多。

좋은 카페도 많아요.
jo eun ka pe do ma na yo
也有好多不錯的咖啡廳。

응, 이따가 카페 가요.
eung i tta ga ka pe ga yo
嗯，等一下我們去咖啡廳。

기념품 사고 싶어요.
gi nyeom pum sa go si peo yo
我想買紀念品。

오케이！
o ke i
OK！

한복가게 있어요.
han bok ga gye i sseo yo
有韓服店家。

예쁘다. 한복 입어 보고 싶어요！
ye ppeu da han bok i beo bo go si peo yo
好漂亮。我想穿韓服看看！

근처에 한복 체험관 있어요. 가볼래요？
geun cheo e han bok che heom gwan i sseo yo ga bol lae yo
附近有韓服體驗館。要去看看嗎？

네！
ne
好！

비용이 어떻게 되나요 ?
bi yong i eo tteo ke doe na yo
費用要怎麼算？

무료예요.
mu ryo ye yo
免費。

와！좋아요！
wa jo a yo
哇！好棒！

사진 찍고 주세요.
sa jin jjik go ju se yo
請幫我拍照。

사진 찍으신 다음 옷 돌려주시면 돼요.
sa jin jji geu sin da eum ot dol lyeo ju si myeon dwae yo
拍完照再歸還衣服就可以了。

地點	압구정
	ap gu jeong
	狎鷗亭
	압구정 2 번출구
	ap gu jeong i beon chul gu
	狎鷗亭站2號出口

網友評價好吃的店

AZABU　咖啡廳

black'smith　義大利餐廳

KyoChon Chicken　橋村炸雞店

다다 da da　多多居酒屋

介紹

狎鷗亭位於江南，充滿流行、豪華、品味的時尚氣息，是引領韓國潮流之地。感覺有點像台北的東區，這邊的商店不僅流行且講究質感、華麗、時尚感，因此吸引不少貴婦、名門、韓國明星的光顧。

韓國的經紀公司大多都設立在這一帶，所以這裡也屬於容易遇見韓星的地區。

實用句

이 근처에 백화점이 있어요？
i geun cheo e baek hwa jeo mi i sseo yo
附近有百貨公司嗎？

다 명품점이에요.
da myeong pum jeo mi e yo
都是精品店。

비싼것 같아요.
bi ssan geot ga ta yo
似乎很貴。

그래요.
geu rae yo
是啊。

하지만 가보고 싶어요.
ha ji man ga bo go si peo yo
但是我想去看看。

마음에 드는 옷이 있으면 사고싶어요.
ma eu me deu neun o si i seu myeon sa go si peo yo
若有中意的衣服我想買。

이런 양복 입으면 굉장히 멋있을 것 같아요.
i reon yang bok i beu myeon goeng jang hi meo si seul geot ga ta yo
如果穿這西裝應該會非常帥。

맞아요.
ma ja yo
沒錯。

입어보세요.
ip beo bo se yo
請穿穿看。

오, 어머 어머.
o eo meo eo meo
喔，唉呦、唉呦。

세상에.
se sang e
天啊。

왜 이렇게 멋있어요？
wae i reo ke meo si sseo yo
怎麼這麼帥？

우워, 멋있다.
u woe meo sit da
哇喔，好帥。

날 아직도 잘 몰라요？흐흐.
nal a jik do jal mol la yo heu heu
你還不太認識我喔？呵呵。

참 잘 어울려요.
cham jal eo wool ryeo yo
真的好適合你。

Track 079

地點 교보문고

gyo bo mun go

教保文庫

實用句

무슨 책을 찾으세요?
mu seun chae geul cha jeu se yo
請問要找什麼書？

동화책을 찾고 있어요.
dong hwa chae geul chat go i sseo yo
我要找童書。

이 책을 찾아 주세요.
i chae geul cha ja ju se yo
請幫我找這本書。

컴퓨터 서적은 어디 있어요?
keom pyu teo seo jeo geun eo di i sseo yo
電腦書在哪邊？

패션 잡지를 찾고 있어요.
pae syeon jap ji reul chat go i sseo yo
我在找流行雜誌。

베스트셀러 좀 추천해 주세요.
be seu teu sel leo jom chu cheon hae ju se yo
請推薦暢銷書給我。

이 도시의 지도가 있어요？
i do si ui ji do ga i sseo yo
這邊有這個城市的地圖嗎？

볼펜 있어요？
bol pen i sseo yo
有原子筆嗎？

네, 이쪽에 다양한 볼펜이 있습니다.
ne i jjo ge da yang han bol pe ni it seum ni da
有，這邊有各種原子筆。

볼펜 좀 써 볼게요.
bol pen jom sseo bol ge yo
我想試寫看看。

네, 여기에 써 보시고 골라 보세요.
ne yeo gi e sseo bo si go gol la bo se yo
好的，請在這邊試寫並挑選。

생일 카드 있어요？
saeng il ka deu i sseo yo
有生日卡片嗎？

건전지 주세요.
geon jeon ji ju se yo
請給我乾電池。

몇 시에 문을 닫아요?
myeot si e mu neul da da yo
幾點關門?

이건 뭐예요?
i geon mwo ye yo
這是什麼?

이 책을 사고싶어요.
i chae geul sa go si peo yo
我想買這本書。

못 봤어요.
mot bwa seo yo
沒有看見。

못 찾았어요.
mot cha ja seo yo
找不到。

다 팔렸습니다.
da pal lyeot seum ni da
賣完了。

더 주문 해야합니다.
deo ju mun hae ya ham ni da
需要再訂貨。

주문 하시겠습니까 ?
ju mun ha si get seum ni kka
您要訂嗎 ?

네, 주문 해주세요.
ne ju mun hae ju se yo
好，請幫我訂。

언제 받을 수 있습니까 ?
eon je ba deul su it seum ni kka
什麼時候可以拿到 ？

다음 주 목요일 요.
da eum ju mok gyo il ryo
下星期四。

1
2
3
4
5
戶外活動
觀賞表演
안녕하세요!
한국어를 중국어로 말해 보세요.
6
7
8

✈ Track 080

선크림과 모자 그리고 물을 준비해 오세요.
seon keu rim gwa mo ja geu ri go mu reul jun bi hae o se yo
請準備好防曬乳、帽子和水。

기린를 보고 싶어요.
gi rin reul bo go si peo yo
我想看長頸鹿。

동물에게 함부로 음식을 주면 안 돼요.
dong mu re ge ham bu ro eum si geul ju myeon an dwae yo
不可以任意餵食動物。

내일 날씨가 어떻대요?
nae il lal ssi ga eo tteo tae yo
明天天氣如何?

화창하대요.
hwa chang ha dae yo
風和日麗。

그럼, 우리 공원에 놀러 가요.
geu reom u ri gong won e nol leo ga yo
那我們去公園野餐吧。

샌드위치와 고기를 준비해 갑시다.
saen deu wi chi wa go gi reul jun bi hae gap si da
我們準備三明治和肉過去吧。

저는 음료수를 가져 갈게요.
jeo neun eum nyo su reul ga jyeo gal ge yo
我會帶飲料過去。

내일 점심은 이 앞 공원에서 먹어요.
nae il jeom si meun i ap gong won e seo meo geo yo
明天午餐在這前面的公園裡吃吧。

여기에 자리 잡읍시다.
yeo gi e ja ri ja beup si da
我們用這邊的位置吧。

잠깐만요. 저쪽 그늘이 더 좋겠어요.
jam kkan man nyo jeo jjok geu neu ri deo jo ke seo yo
等一下。那邊的樹蔭更好。

야영장은 어디에 있어요 ?
ya yeong jang eun eo di e i sseo yo
霧營場在哪邊 ?

식수대는 어디에 있어요 ?
sik su dae neun eo di e i sseo yo
飲水機在哪裡 ?

여기서 불을 피워도 돼요 ?
yeo gi seo bu reul pi woe do dwae yo
這邊可以生火嗎 ?

Track 081

쓰레기를 주워 가야죠.
sseu re gi reul ju woe ga ya jyo
我們把垃圾帶走吧。

이십 분 동안 정차할 것이니 화장실 다녀오세요.
i sip bun dong an jeong cha hal geo si ni hwa jang sil da nyeo o se yo
現在可以去化妝室，請大家二十分鐘內回來。

안내자 말에 귀 기울여 주세요.
an nae ja ma re gwi gi u ryeo ju se yo
請仔細聽導覽員的說明。

오른쪽에 보이는 것이 경복궁입니다.
o reun jjo ge bo i neun ge si gyeong bok gung im ni da
右邊可以看到的就是景福宮。

아름다워요.
a reum da woe yo
很美。

장엄하네요.
jang eom ha ne yo
很莊嚴。

조용히 해 주세요.
jo yong hi hae ju se yo
請保持安靜。

뛰지 마세요.
ttwi ji ma se yo
不要奔跑。

여기는 출입 금지 구역이에요.
yeo gi neun chul rip geum ji gu yeo gi e yo
這邊是禁止進入的區域。

차량 통행금지 구역입니다.
cha ryang tong haeng geum ji gu yeo gim ni da
這邊是禁止車輛進入的區域。

여기 불조심이라고 쓰여 있어요.
yeo gi bul jo sim i ra go sseu yeo i sseo yo
這邊寫著小心火燭。

쓰레기를 버리지 마세요.
sseu re gi reul beo ri ji ma se yo
請勿丟垃圾。

쓰레기를 버리지 마세요라고 쓰였어요.
sseu re gi reul beo ri ji ma se yo ra go sseu yeo seo yo
這邊寫說請勿丟垃圾。

그림 좋아하세요 ?
geu rim jo a ha se yo
你喜歡畫嗎 ?

네, 저는 수채화를 좋아해요.
ne jeo neun su chae hwa reul jo a hae yo
是，我喜歡水彩畫。

그럼 이번 주말에 우리 화랑 갈까요 ?
geu reom i beon ju ma re u ri hwa rang gal kka yo
那這個周末我們要不要去畫廊 ?

좋아요.
jo a yo
好啊。

미술관에 자주 가세요 ?
mi sul gwan e ja ju ga se yo
你常常去美術館嗎 ?

이번 주에 제가 좋아하는 작가의 전시회가 있어요.
i beon ju e je ga jo a ha neun jak ga ui jeon si hoe ga i sseo yo
這週有我喜歡的作家展示會。

안내 책자는 어디서 받아요 ?
an nae chaek ja neun eo di seo ba da yo
要在哪邊拿到導覽手冊 ?

이건 누구의 작품이에요？
i geon nu gu ui jak pu mi e yo
這是誰的作品？

피카소의 작품은 어디에 있어요？
pi ka so ui jak pu meun eo di e i sseo yo
畢卡索的作品在哪裡？

다빈치의 작품은 언제부터 전시돼요？
da bin chi ui jak pu meun eon je bu teo jeon si dwae yo
達文西的作品甚麼時候開始展示？

누가 이 그림을 그렸어요？
nu ga i geu ri meul geu ryeo seo yo
這幅畫是誰畫的？

이 사람이 인상파던가요？
i sa ra mi in sang pa deon ga yo
這個人是印象派的嗎？

지하 1층에 있습니다.
ji ha il cheung e it seum ni da
在地下室1樓。

오디오 가이드는 어디서 받아요？
o di o ga i deu neun eo di seo ba da yo
解說錄音機要在哪裡拿？

오디오 가이드는 무료예요 ?
o di o ga i deu neun mu ryo ye yo
解說錄音機是免費的嗎？

기념품 가게는 어디에 있어요 ?
gi nyeom pum ga ge neun eo di e i sseo yo
紀念品商家在哪裡？

체험관은 어디에 있어요 ?
che heom gwa neun eo di e i sseo yo
體驗館在哪裡？

저건 진짜 같군요 !
jeo geon jin jja gat gun nyo
那個好像真的喔！

그건 고장이라서 이용할 수 없어요.
geu geon go jang i ra seo i yong hal su eop seo yo
這個故障了，不能用。

수리 중이라서 이용할 수 없어요.
su ri jung i ra seo i yong hal su eop seo yo
這個維修中，不能用。

같이 영화 보러 갈까요 ?
ga chi yeong hwa bo reo gal kka yo
我們一起去看電影好嗎？

몇 시에 시작해요？
myeot si e si ja kae yo
幾點開始？

주연 배우가 누구예요？
ju yeon bae u ga nu gu ye yo
主角是誰？

더빙이에요？
deo bing i e yo
有配音嗎？

하국어 자막이에요？
ha gu geo ja ma gi e yo
是韓文字幕嗎？

중국어 자막은 나와요？
jung gu geo ja ma geun na wa yo
會有中文字幕嗎？

하국어 더빙이에요.
ha gu geo deo bing i e yo
是韓語配音的。

영화 어땠어요？
yeong hwa eo ttae seo yo
電影如何？

✈ Track 084

아주 좋았어요.
a ju jo a seo yo
很好看。

재미있게 봤어요?
jae mi it ge bwa seo yo
有趣嗎？

감동적이에요.
gam dong jeo gi e yo
很感動。

매우 인상적이었어요.
mae u in sang jeo gi eo seo yo
令人印象深刻。

지금까지 본 것 중에 최고예요.
ji geum kka ji bon geot jung e choe go ye yo
目前為止我看過最棒的。

너무 빨라서 정신이 없었어요.
neo mu ppal la seo jeong si ni eop seo seo yo
太快了讓我無法集中精神。

미안해요. 중간에 잤어요.
mi an hae yo jung gan e ja seo yo
不好意思。我中途睡著了。

아니요, 지루했어요.
a ni yo ji ru hae seo yo
不好看。很無聊。

요즘 이 사람이 자주 나오네요.
yo jeum i sa ra mi ja ju na o ne yo
最近這個人常常出現。

네, 요즘 인기 최고죠.
ne yo jeum in gi choe go jyo
是啊，最近他人氣很旺。

몸값이 어마어마해요.
mom gap si eo ma eo ma hae yo
身價非凡呢。

인기가 시들해요.
in gi ga si deul hae yo
人氣低落。

예전만 못하다고들 해요.
ye jeon man mo ta da go deul hae yo
人家說他不如從前了。

나태해진 것 같아요.
na tae hae jin geot gat chi yo
他最近似乎變懶惰了。

✈ Track 085

최근 성적은 그저 그래요.
choe geun seong jeo geun geu jeo geu rae yo
最近成績平平。

다크호스죠.
da keu ho seu jyo
他是黑馬。

작년에 상을 받았어요.
jak nyeon e sang eul ba da seo yo
去年得獎了。

프로그램과 가격표를 보여 주세요.
peu ro geu raem gwa ga gyeok pyo reul bo yeo ju se yo
請給我看節目單和價格表。

네, 이걸 참고 하세요.
ne i geol cham go ha se yo
好，請參考這個。

이것은 몇 시에 시작해요？
i geo seun myeot si e si ja kae yo
這個幾點開始？

한 시간 후에 시작합니다.
han si gan hu e si ja kam ni da
一小時之後開始。

어떤 좌석이 있어요？
eo tteon jwa seo gi i sseo yo
現在有什麼座位？

R석만 남은 상태입니다.
R seok man nam eun sang tae im ni da
現在只有R席。

그럼, R석으로 두 장 주세요.
geu reom R seo geu ro du jang ju se yo
那麼請給我R席2張。

입장권은 어디서 사요？
ip jang gwo neun eo di seo sa yo
入場卷要在哪裡買？

이 공연은 몇 시간 짜리예요？
i gong yeo neun myeot si gan jja ri ye yo
這個表演大約要幾小時？

두 시 표 있어요？
du si pyo i sseo yo
有兩點的票嗎？

오늘 밤 프로그램은 뭐예요？
o neul bam peu ro geu rae meun mwo ye yo
今天晚上的行程是什麼？

할인되는 것이 있어요？
hal rin doe neun geo si i sseo yo
有什麼是打折的嗎？

가장 싼 표는 얼마예요？
ga jang ssan pyo neun eol ma ye yo
最便宜的票是多少?

이 표로 다 볼 수 있어요？
i pyo ro da bol su i sseo yo
用這張票就可以看全部的節目嗎？

무료 안내 책자가 있어요？
mu ryo an nae chaek ja ga i sseo yo
有提供的冊子嗎？

짐을 맡길 곳이 있어요？
ji meul mat gil go si i sseo yo
有可以寄放行李的地方嗎？

표는 얼마예요？
pyo neun eol ma ye yo
票要價多少？

표 두 장 주세요.
pyo du jang ju se yo
請給我兩張票。

같이 붙어 있는 좌석으로 주세요.
ga chi bu chi it neun jwa seo geu ro ju se yo
請給我靠在一起的位置。

앞쪽에 앉고 싶어요.
ap jjo ge an go si peo yo
我想坐在前面。

남은 자리를 보여 주세요.
na meun ja ri reul bo yeo ju se yo
請給我看剩下的座位圖。

여기 자리 있어요？
yeo gi ja ri i sseo yo
有這邊的位置嗎？

네, 비어 있어요.
ne bi eo i sseo yo
有，這邊有位置。

제 자리는 어디예요？
je ja ri neun eo di ye yo
我的位置在哪裡？

잠시 화장실을 다녀올게요.
jam si hwa jang si reul da nyeo ol ge yo
我去一下化妝室就回來。

✈ Track 087

표를 좀 보여 주시겠어요?
pyo reul jom bo yeo ju si ge seo yo
我可以看一下您的票嗎？

실례합니다. 여기는 제 자리예요.
sil lye ham ni da yeo gi neun je ja ri ye yo
不好意思，這是我的位置。

누가 제 자리에 앉아 있어요.
nu ga je ja ri e an ja i sseo yo
有人坐在我的位置上。

의자를 발로 차지 말아 주세요.
ui ja reul bal lo cha ji ma ra ju se yo
請不要踢我的椅子。

네, 죄송합니다.
ne joe song ham ni da
好，不好意思。

안 보여요. 앉아요!
an bo yeo yo an ja yo
看不到了。坐下！

모자를 벗어 주세요.
mo ja reul beo seo ju se yo
請脱帽。

보고 싶은 게 있어요？
bo go si peun ge i sseo yo
有想要看的東西嗎？

요즘 어떤 게 인기가 있어요？
yo jeum eo tteon ge in gi ga i sseo yo
最近比較有人氣的是哪些？

공짜 표가 생겼어요.
gong jja pyo ga saeng gyeo seo yo
我拿到免費的票。

오늘 사람들이 참 많아요.
o neul sa ram deu ri cham ma na yo
今天人很多。

줄을 서세요.
ju reul seo se yo
請排隊。

새치기하지 마세요.
sae chi gi ha ji ma se yo
請不要插隊。

앨범 가지고 있어요？
ael beom ga ji go i sseo yo
有帶專輯來嗎？

입장할 수 없어요.
ip jang hal su eop seo yo
不能入場。

입장할 수 있어요.
ip jang hal su i sseo yo
可以入場。

여기서 기다려 주세요.
yeo gi seo gi da ryeo ju se yo
請在這邊等候。

얼마나 기다려야 해요？
eol ma na gi da ryeo ya hae yo
要等多久呢？

저를 따라오세요.
jeo reul tta ra o se yo
請跟著我。

손대지 마세요.
son dae ji ma se yo
請勿觸摸。

너무 가까이 가지 마세요.
neo mu ga kka i ga ji ma se yo
不要靠太近。

아, 죄송합니다.
a joe song ham ni da
哇，對不起。

좋아해요.
jo a hae yo
我喜歡你。

사랑해요.
sa rang hae yo
我愛你。

좋아요.
jo a yo
很棒。

최고！
choe go
最棒！(最高)

대단해요.
dae dan hae yo
好厲害。

너무 재밌었어요.
neo mu jae mi seo seo yo
太有趣了。

✈ Track 089

전 목이 아파요. 소리를 너무 질렀나 봐요.
jeon mo gi a pa yo so ri reul neo mu jil leon na bwa yo
我喉嚨痛。可能是尖叫太多了。

정말 어마어마하군요.
jeong mal eo ma eo ma ha gun nyo
真是太棒了。

만족하십니까?
man jok ha sim ni kka
滿足了嗎？

네, 만족합니다.
ne man jo kam ni da
嗯，很滿足。

행복합니다.
haeng bo kam ni da
很幸福。

원정 짱이다!
won jeong jjang i da
完全是太讚了 ！

1
2
3
4
5
單字大補給
plus 生活小例句
안녕하세요!
한국어를 중국어로 말해 보세요.
6
7
8

單字大補給

색깔 saek kkal 顏色

빨간색 ppal gan saek 紅

감색 gam saek 柿子色

오렌지색 o ren ji saek 橙

노란색 no ran saek 黃

엷은 노란색 yeol beun no ran saek 鵝黃色

상아색 sang a saek 象牙色

베이지색 be i ji saek 米黃色

연두색 yeon du saek 軟豆色，黃綠色

옥색 ok saek 玉色，翡翠綠

민트색 min teu saek 薄荷色

녹색/초녹색 nok saek/cho nok saek 綠色

카키색 ka ki saek 卡其色，軍綠色

하늘색 ha neul saek 天藍色

파란색 pa ran saek 藍

청색 cheong saek 深藍色，海軍藍

라벤더색 ra ben deo saek 薰衣草色，淡紫色

보라색 bo ra saek 紫

핑크색 ping keu saek 粉紅色

진 핑크 jin ping keu 桃紅色

연 핑크 yeon ping keu 淡粉紅

피부색 pi bu saek 皮膚色

장미색 jang mi saek 玫瑰色

검은색 geo meun saek 黑

갈색 gal saek 褐色

회색 hoe saek 灰色

은색 eun saek 銀色

금색 geum saek 金色

하얀색 ha yan saek 白

生活小例句

하얀색 있어요?

i geot ha yan saek i sseo yo

有白色的嗎?

單字大補給

✈ Track 091

옷 & 신발 ot sin bal 衣服&鞋子

정장 jeong jang 套裝

양복 yang bok 西裝

상의 sang ui 上衣

블라우스 beul la u seu 女襯衫

셔츠 syeo cheu 襯衫

티셔츠 ti syeo cheu T-恤

원피스 won pi seu 連身洋裝

치마 chi ma 裙子

청바지 cheong ba ji 牛仔褲

긴바지 gin ba ji 長褲

반바지 ban ba ji 短褲

외투 oe tu 外套

쇼핑 syo ping 逛街

재질 jae jil 材質

면 myeon 棉

울 wool 羊毛

마 ma 麻

실크 silk sil keu 絲

나일론 na il lon 尼龍

리에스테르 ri e seu te reu 聚脂纖維

폴리에스테르 pol li e seu te reu 聚脂纖維

잠옷 jam ot 睡衣

속옷 sok ot 內衣(胸罩和襯衣統稱)

브라 beu ra 胸罩

누브라 nu beu ra new bra

보정속옷 bo jeong sok ot 調整型塑身衣

나시 na si 襯衣，襯裙

투명 브라끈 tu myeong beu ra kkeun 透明肩帶

수영복 su yeong bok 泳裝

비키니 bi ki ni 比基尼

양말 yang mal 襪子

스타킹 seu ta king 絲襪

할인 discount hal rin 打折

구두 gu du 鞋子

하이힐 ha i hil 高跟鞋

로힐 ro hil 低跟鞋

웨지 we ji 楔型鞋

샌들 saen deul 涼鞋

슬리퍼 seul li peo 拖鞋

쪼리 jjo ri 夾腳拖

단화 dan hwa 娃娃鞋

로퍼 ro peo 休閒鞋

부츠 bu cheu 靴子

單字大補給

✈ Track 092

액세서리 aek se seo ri 飾品

목걸이 mok geo ri 項鍊

귀걸이 gwi geo ri 耳環

반지 ban ji 戒指

머리핀 meo ri pin 髮夾

머리끈 meo ri kkeun 髮束

머리띠 meo ri tti 髮箍

시계 si gye 手錶

팔찌 pal jji 手環

발찌 bal jji 足環

금 geum 金

은 eun 銀

금침 귀걸이 geum chim gwi geo ri 金針耳環

은침 귀걸이 eun chim gwi geo ri 銀針耳環

순금 sun geum 純金

도금 do geum 鍍金

보석 bo seok 寶石

다이아몬드 da i a mon deu 鑽石

수정 su jeong 水晶

진주 jin ju 珍珠

지갑 ji gap 錢包，皮夾

가방 ga bang 包包

명품 가방 myeong pum ga bang 名牌包

넥타이 nek ta i 領帶

넥타이핀 nek ta i pin 領帶夾

허리띠 heo ri tti 腰帶

모자 mo ja 帽子

장갑 jang gap 手套

선글라스 seon geul la seu 太陽眼鏡

안경 an gyeong 眼鏡

안경테 an gyeong te 鏡框

우산 u san 雨傘

양산 yang san 陽傘

스마트폰 악세서리 seu ma teu pon ak se seo ri

智慧手機飾品

스마트폰 케이스 seu ma teu pon ke i seu

智慧手機殼

이어폰 i eo pon 耳機

生活小例句

선글라스를 사고싶어요.

seon geul la seu reul sa go si peo yo

我想要買太陽眼鏡。

목걸이 사려구요.

mok geo ri sa ryo guy o

我想要買項鍊。

單字大補給

✈ Track 093

음식 eum sik 食物

삼계탕 sam gye tang 人蔘雞

불고기 bul go gi 烤肉

닭갈비 dak gal bi 炒雞肉

낙지볶음 nak ji bo kkeum 辣炒章魚

부대찌개 bu dae jji gae 部隊鍋

김치찌개 gim chi jji gae 泡菜鍋

된장찌개 doen jang jji gae 味增鍋

순두부 찌개 sun du bu jji gae 嫩豆腐鍋

해물탕 hae mul tang 海鮮湯

갈비탕 gal bi tang 排骨湯

설렁탕 seol leong tang 雪濃湯/牛骨湯

김치 gim chi 泡菜

전/부침개 jeon/bu chim gae 煎餅

해물전 hae mul jeon 海鮮煎餅

돌솥 비빔밥 dol sot bi bim bap 石鍋拌飯

비빔면 bi bim myeon 拌麵

짬뽕 jjam ppong 炒馬麵

물냉면 mul laeng myeon 水冷麵

김치 볶음밥 gim chi bo kkeum bap 泡菜炒飯

떡국 tteok guk 年糕湯

삼계탕 sam gye tang 人蔘雞

닭 dak 雞

닭고기 dak go gi 雞肉

쌀 ssal 米

깍두기 kkak du gi 醃蘿蔔泡菜

오이 o i 小黃瓜

마늘 ma neul 大蒜

김치 gim chi 泡菜

고추장 go chu jang 辣椒醬

파 pa 洋蔥

국내산 guk nae san 國內產

손님 son nim 客人

불고기 bul go gi 韓式烤肉

한우 han u 韓牛，韓國牛

차돌박이 cha dol ba gi 霜降牛肉

꽃등심 kkot deung shim 牛肋排肉

채끝등심 chae kkeut deung shim 牛脊背肉

육사시미 yuk sa si mi 牛肉沙西米

육회 yuk hoe 生肉片

육회덮밥 yuk hoe deop bap 生肉片蓋飯

삼겹살 sam gyeop sal 五花豬肉（三層肉）

육개장 yuk gae jang 牛肉湯

갈비탕 gal bi tang 排骨湯

갈비찜 gal bi jjim 蒸排骨

김치찌개 gim chi jji gae 泡菜鍋

제육볶음 je yuk bok keum 炒豬肉

해물 hae mul 海鮮

순두부 sun du bu 嫩豆腐

된장 doen jang 味增

버섯 beo seot 香菇

닭갈비 dak gal bi 辣炒雞排

춘천 닭갈비 chun cheon dak gal bi 春川辣炒雞排

내장 nae jang 內臟

치즈닭갈비 chi jeu dak gal bi 起司辣炒雞排

막국수 mak guk su 蕎麥麵

떡 tteok 年糕

볶음밥 bok kkeum bap 炒飯

공기밥 gong gi bap 白飯

도토리묵 do to ri muk

橡果凍(用橡果製成，通常會加鹹的醬料)

감자부침 gam ja bu chim 馬鈴薯煎餅

소주 so ju 燒酒

맥주 maek ju 啤酒

회 hoe 生魚片

반찬 ban chan 小菜

떡국 tteok guk 年糕湯

김밥 gim bap 飯捲／壽司

라면 ra myeon 泡麵

중화요리 jung hwa yo ri 中華料理

만두 man du 水餃

야끼만두/군만두 ya kki man du gun man du 煎餃

왕만두 wang man du 圓形大餃子，包子，小籠包，煎包

수제비 su je bi 麵疙瘩

국수/면 guk su myeon 麵

자장면 ja jang myeon 炸醬麵

일본 요리 il bon yo ri 日本料理

돈가스 don ga seu 豬排

덮밥 deop bap 蓋飯

오므라이스 o meu ra i seu 蛋包飯

카레 ka re 咖哩

부대찌개 bu dae jji gae 部隊鍋(辣的，裡面通常有培

根、小香腸、肉片、泡麵、豬肉、蔬菜)

치즈 chi jeu 起司

해물 hae mul 海鮮

불고기 bul go gi 烤肉

야채 ya chae 蔬菜

우동 u dong 烏龍麵，日式拉麵

당면 dang myeon

粉條(類似 冬粉，用地瓜或馬鈴薯製成)

볶음밥 bok kkeum bap 炒飯

냉면 naeng myeon 冷麵

비빔밥 bi bim bap 拌飯

비빔면 bi bim myeon 拌麵

單字大補給

✈ Track 095

간식 gan sik 小吃

떡볶이 tteok bo kki 辣炒年糕

김밥 gim bap 飯捲，壽司

순대 sun dae 豬腸

순대볶음 sun dae bo kkeum 炒米腸

닭꼬치 dak kko chi 雞肉串

닭강정 dak gang jeong 糖醋雞肉

핫도그 hat do geu 熱狗

튀김 twi gim 炸物

호떡 ho tteok 糖餅

계란빵 gye ran ppang 雞蛋糕

붕어빵 bung eo ppang 鯛魚燒

찐빵 jjin ppang 豆沙包

야식 ya sik 消夜

어묵 eo muk 關東煮

조림 jo rim 滷味

오징어 튀김 o jing eo twi gim 炸魷魚

순대 sun dae 豬腸包冬粉

통닭 tong dak 全雞料理

통닭구이 tong dak gu i 烤全雞

통닭튀김 tong dak twi gim 炸全雞

국 guk 湯

비닐 봉투 bi nil bong tu 塑膠袋

비닐 봉지 bi nil bong ji 塑膠袋

종이 봉지 jong i bong ji 紙袋

봉지 bong ji 袋子

휴지 hyu ji 衛生紙

신문 sin mun 報紙

잔돈 jan don 零錢

生活小例句

핫도그 두 개 포장해 주세요.

po jang hae ju se yo

兩支熱狗外帶。

어묵 일인 분 주세요.

eo muk i rin bun ju se yo

請給我關東煮一人份。

單字大補給

✈ Track 096

음료수 & 디저트 eum yo su di jeo teu 飲料&甜點

물 mul 水

우유 u you 牛奶

차 cha 茶

홍차 hong cha 紅茶

녹차 nok cha 綠茶

아이스티 a i seu ti 冰茶

밀크 티 mil keu ti 奶茶

루이보스차 ru i bo seu cha 如意波斯茶(花草茶)

그린티 라떼 geu rin ti ra tte

綠茶拿鐵(韓國的綠茶通常是抹茶)

인삼차 in sam cha 人蔘茶

쥬스 jyu seu 果汁

딸기쥬스 ttal gi jyu seu 草莓果汁

키위쥬스 ki wi jyu seu 奇異果汁

오랜지쥬스 o raen ji jyu seu 柳橙汁

복숭아쥬스 bok sung a jyu seu 水蜜桃果汁

바나나 우유 ba na na u you 香蕉牛奶

스무디 seu mu di 果汁冰沙(有的有加牛奶或冰淇淋)

꿀물 kkul mul 蜂蜜水

홍삼꿀 hong sam kkul 紅蔘蜂蜜

아로에음료수 a ro e eum yo su 蘆薈飲料

버블티 beo beul ti 珍珠奶茶

국화차 gu kwa cha 菊花茶

장미 차 jang mi cha 玫瑰花茶

계화 차 gye hwa cha 桂花茶

라벤더 차 ra ben deo cha 薰衣草茶

커피 keo pi 咖啡

캬라멜 마끼아또 kya ra mel ma kki a tto 焦糖瑪奇朵

아메리카노 a me ri ka no 美式咖啡

카페라떼 ka pe ra tte 咖啡拿鐵

카푸치노 ka pu chi no 卡布奇諾

에스프레소 e seu peu re so 義式濃縮

핫초코 hat cho ko 熱巧克力

인삼차 in sam cha 人蔘茶

꿀물 kkul mul 蜂蜜水

유자차 yu ja cha 柚子茶

주스 ju seu 果汁

설탕 seol tang 砂糖

얼음 eol reum 冰塊

알코올 al ko ol 酒精

카페인 ka pe in 咖啡因

메론 바 me ron ba 哈密瓜冰棒

아이스 바 a i seu ba 冰棒

아이스크림 a i seu keu rim 冰淇淋

아이스크림콘 a i seu keu rim corn 冰淇淋甜筒

팥빙수 pat bing su 刨冰

슬러쉬 seul leo swi 冰沙

초코릿 cho ko rit 巧克力

케이크 ke i keu 蛋糕

과자 gwa ja 餅乾

빵 ppang 麵包

푸딩 pu ding 布丁

애플파이 ae peul pa i 蘋果派

와플 wa peul 鬆餅

도넛 do neot 甜甜圈

生活小例句

밀크 티 한잔 주세요.

mil keu ti han jan ju se yo

請給我一杯奶茶。

도넛 하나 주세요.

do neot ha na ju se yo

我要一個甜甜圈。

單字大補給

✈ Track 097

화장품 hwa jang pum 化妝品

화장수 hwa jang su 化妝水

로션 ro syeon 乳液

영양크림 yeong yang keu rim 面霜

페이셜로션 pe i syeol lo syeon 臉部乳液

바디 로션 ba di ro syeon 身體乳液

에센스 e sen seu 精華液

BB크림 BB keu rim BB霜

리퀴드 파운데이션 ri kwi deu pa un de i syeon 粉底液

컴팩트 keom paek teu 粉餅

파우더 pa u deo 蜜粉

아이브로우 펜슬 a i beu ro u pen seul 眉筆

아이섀도 a i syae do 眼影

아이라이너 a i ra i neo 眼線筆

속눈썹 뷰러 sok nun sseop byu reo 睫毛夾

마스카라 ma seu ka ra 睫毛膏

인조 눈썹 in jo nun sseop 假睫毛

볼터치 bol teo chi 腮紅

립밤 rip bam 護唇膏

립스틱 rip seu tik 口紅

립글로스 rip geul lo seu 唇蜜

매니큐어 mae ni kyu eo 指甲油

네일 리무버 ne il li mu beo 去光水

향수 hyang su 香水

마스크팩 ma seu keu paek 面膜

썬크림 sseon keu rim 防曬乳

핸드크림 haen deu keu rim 護手霜

클렌징오일 keul len jing o il 卸妝油

클렌징크림 keul len jing keu rim 卸妝乳

필링젤 pil ring jel 去角質液

폼 클렌저 pom keul len jeo 洗面乳

얼굴용 크린싱로션 eol gul yong keu rin sing ro syeon 洗面乳液

물 mul 水

수분 su bun 水分

보습 bo seup 保濕

촉촉하다 chok cho ka da 滋潤

윤기 yun gi 光澤

주름개선 ju reum gae seon 皺紋改善，細紋改善

식물 sik mul 植物

동물 dong mul 動物

달팽이와우 dal paeng i wa u 蝸牛

성품 seong pum 成分

방부제 bang bu je 防腐劑

알코올 al ko ol 酒精

미백 mi baek 美白

칫솔 chit sol 牙刷

치약 chi yak 牙膏

샴푸 syam pu 洗髮精

린스 rin seu 潤絲精

바디클렌저 ba di keul len jeo 沐浴乳

로션 ro syeon 乳液

바디 로션 ba di ro syeon 身體乳液

화장품 hwa jang pum 化妝品

수건 su geon 毛巾

빗 bit 梳子

헤어 로션 he eo ro syeon

頭髮定型乳液(捲髮適用)；護髮乳液

헤어에센스 he eo e sen seu 護髮精華液

헤어 젤 he eo jel 髮膠

렌즈 ren jeu 隱形眼鏡

안경 an gyeong 眼鏡

선글라스 seon geul la seu 太陽眼鏡

휴지 hyu ji 衛生紙

물수건 mul su geon 濕紙巾，濕毛巾

물티슈 mul ti shoe 濕紙巾

슈트 케이스 shoe teu ke i seu 旅行箱

헤어 드라이어 he eo deu ra i eo 吹風機

單字大補給

몸 mom 身體

머리 meo ri 頭

목 mok 脖子

어깨 eo kkae 肩膀

가슴 ga seum 胸部

팔 pal 手臂

배 bae 肚子

허리 heo ri 腰

등 deung 背

엉덩이 eong deong i 臀部

다리 da ri 腿

허벅지 heo beok ji 大腿

무릎 mu reup 膝蓋

종아리 jong a ri 小腿

발목 bal mok 腳踝

발 bal 腳

손 son 手

손가락 son ga rak 手指頭

얼굴 eol gul 臉

이마 i ma 額頭

눈썹 nun sseop 眉毛

눈 nun 眼睛

속눈썹 sok nun sseop 眼睫毛

코 ko 鼻子

입 ip 嘴吧

입술 ip sul 嘴唇

혀 hyeo 舌頭

턱 teok 下巴

귀 gwi 耳朵

單字大補給

✈ Track 100

숙박&가구 suk bak ga gu 住宿＆家具

찜질방 jjim jil bang 蒸氣浴，三温暖

사우나 sa u na 三温暖

찜질복 jjim jil bok 汗蒸幕衣

타월 ta ul 浴巾

수건 su geon 毛巾

등밀이 deung mi ri 搓澡布

면봉 myeon bong 棉花棒

헤어 드라이기 He eo deu ra i gi 吹風機

식혜 si kye 甜酒釀

열쇠 yeol soe 鑰匙

사물함 sa mul ham 置物櫃

탈의실 tal ui sil 更衣室

목욕탕 mok yok tang 浴池

남탕 nam tang 男湯

여탕 yeo tang 女湯

숙박 suk bak 住宿

리조트 ri jo teu 渡假村

호텔 ho tel 飯店

풀빌라 pul bil la 度假別墅，酒店(pool villa)

콘도 corn do 公寓大廈(condo)

모텔 mo tel 汽車旅館

비즈니스호텔 bi jeu ni seu ho tel 商務旅館

펜션 pen syeon 公寓型旅館

유스호스텔 you seu ho seu tel 青年旅館

게스트하우스 ge seu teu ha u seu Guest House

민박 min bak 民宿

여관 yeo gwan 旅館

홈스테이 homestay 寄宿家庭

기숙사 gi suk sa 宿舍

고시원 go si won 考試院

고시텔 go si tel 考試旅館

리빙텔 living tel 生活旅館

싱글베드룸 sing geul be deu rum 單床房

더블베드룸 deo beul be deu rum 雙人房(1張大床)

트윈베드룸 teu win be deu rum 雙人房(2張小床)

스위트룸 seu wi teu rum 套房

스튜디오베드룸 seu tyu di o be deu rum 影音套房

트리플베드룸 teu ri peul be deu rum 三床房

4인실 4 in sil 四人房

4인 도미토리 4 in do mi to ri 4人宿舍

팁 tip 小費

보증금 bo jeung geum 保證金，押金

체크인 che keu in 辦理入住手續

체크아웃 che keu a ut 退房

현금 hyeon geum 現金

신용카드 sin yong ka deu 信用卡

컴퓨터 keom pyu teo 電腦

인터넷 in teo net 網路

침대 chim dae 床

이불 i bul 棉被

베개 be gae 枕頭

침구 chim gu 寢具

담요 dam nyo 毯子

수도꼭지 su do kkok ji 水龍頭

샤워 sya woe 蓮蓬頭

전화기 jeon hwa gi 電話

텔레비전 tel le bi jeon 電視

에어컨 e eo keon 空調

히터 hi teo 暖氣

난방 nan bang 暖房，暖氣

세탁기 se tak gi 洗衣機

탈수기 tal su gi 脫水機

가습기 ga seup gi 加濕器

냉장고 naeng jang go 冰箱

문 mun 門

의자 ui ja 椅子

쇼파 syo pa 沙發

빗자루/ 비 bit ja ru bi 掃把

대걸레 dae geol le 拖把

걸레 geol le 抹布

발코니 bal ko ni 陽台

生活小例句

난방기 있어요 ?

nan bang gi i sseo yo

有暖氣嗎 ?

난방이 안돼요.

nan bang i an dwae yo

暖氣壞了。

에어컨이 안돼요.

e eo keon i an dwae yo

冷氣壞了。

닦아요.

dak kka yo

擦。

청소해요.

cheong so hae yo

打掃。

땅을 닦아요.

ttang eul da kka yo

擦地板。

땅을 빗질해요.

ttang eul bit jil hae yo

掃地。

單字大補給

✈ Track 102

거리풍경 geo ri pung gyeong 街景

도로 do ro 馬路

건물 geon mul 建築物

아파트 a pa teu 公寓

건물 geon mul 大廈

교통 신호 gyo tong sin ho 交通號誌

차 cha 車

버스 beo seu 公車

자동차 ja dong cha 汽車

택시 taek si 計程車

도로 do ro 馬路

교통 신호 gyo tong sin ho 交通號誌

비행기 bi haeng gi 飛機

헬리콥터 hel li kop teo 直升機

모터 사이클 mo teo sa i keul 摩托車

자전거 ja jeon geo 腳踏車

야시장 ya si jang 夜市

옷 가게 ot ga ge 賣衣服的店

보석 가게 bo seok ga ge 珠寶店

세탁소 se tak so 洗衣店

간판 gan pan 招牌

공중 전화 gong jung jeon hwa 公共電話

미용실 mi yong sil 美髮院

파마 pa ma 燙髮

커트 keo teu 剪髮

염색 yeom saek 染髮

헤어스타일 he eo seu ta il 髮型

자연색(검색) ja yeon saek geom saek 自然色(黑色)

갈색 gal saek 褐色

식당 sik dang 餐廳

반찬 ban chan 小菜

밥 bap 飯

김치 gim chi 泡菜

휴지 hyu ji 面紙

물수건 mul su geon 濕紙巾

숟가락 sut ga rak 湯匙

젓가락 jeot ga rak 筷子

컵 keop 杯子

그릇 geu reut 碗

냅킨 naep kin 餐巾

스트로우 / 빨대 seu teu ro 吸管

학교 hak gyo 學校

교회 gyo hoe 教堂

우체국 u che guk 郵局

주유소 ju you so 加油站

백화점 baek hwa jeom 百貨公司

편의점 pyeon ui jeom 便利商店

쇼핑몰 syo ping mol 購物中心

면세점 myeon se jeom 免稅店

슈퍼마켓 syu peo ma ket 超級市場

지하상가 ji ha sang ga 地下街

야시장 ya si jang 夜市

클럽 keul leop 夜店

PC방 PC bang 網咖

노래방 no rae bang KTV

맛집 mat jip 好吃的店

은행 eun haeng 銀行

單字大補給

현금인출기 hyeon geum in chul gi 自動提款機

ATM ATM 自動提款機

예금출금 ye geum chul geum 提款

예금조회 ye geum jo hoe 餘額查詢

계좌이체 gye jwa i che 轉帳

신용카드 sin yong ka deu 信用卡

입금 ip geum 存款

다른 업무 보기 da reun eop mu bo gi 其他

Foreign Languages Foreign Languages 外國語

확인 hwak gin 確認

취소 chwi so 取消

정정 jeong jeong 訂正

生活小例句

현금인출기 어디에 있어요？

hyeon geum in chul gi eo di e i sseo yo

請問提款機在哪裡？

돈을 인출하고 싶어요.

don eul in chul ha go si peo yo

我想要領錢。

비밀번호를 누르세요.

bi mil beon ho reul lu reu se yo

請按密碼。

（註：雖然機器説請輸入5～6位數密碼，但是請輸入您當初設定的磁條密碼，台灣通常是四位數。）

이 카드는 사용할 수 없습니다.

i ka deu neun sa yong hal su eop seum ni da

這張卡片無法使用。

（註：這表示這台機器無法讀出這張卡，必須換別台。）

국제인출 기능 설치했어요？

guk je in chul gi neung seol chi hae seo yo

已經設定國際提款功能了嗎?

대만에서 설치해야 돼요.

dae man e seo seol chi hae ya dwae yo

要在台灣設定才行。

單字大補給

Track 104

숫자 sut ja 數字

영/공 yeong/gong 0

일/하나 il/ha na 1

이/둘 i/dul 2

삼/셋 sam/set 3

사/넷 sa/net 4

오/다섯 o/da seot 5

육/여섯 yuk/yeo seot 6

칠/일곱 chil/il gop 7

팔/여덟 pal/yeo deol 8

구/아홉 gu/a hop 9

십/열 sip/yeol 10

십일/열하나 si bil/yeol ha na 11

십이/열둘 si bi/yeol dul 12

십삼/열셋 sip sam/yeol set 13

십사/열넷 sip sa/yeol net 14

십오/열다섯 sip o/yeol da seot 15

십육/열여섯 sip yuk/yeol yeo seot 16

십칠/열일곱 sip chil/yeol il gop 17

십팔/열여덟 sip pal/yeol yeo deolp 18

십구/열아홉 sip gu/yeol a hop 19

이십/스물 i sib/seu mul 20

삼십/서른 sam sib/seo reun 30

사십/마흔 sa sip/ma heun 40

오십/쉰　o sip/swin　50

육십/예순　yuk sip/ye sun　60

칠십/일흔　chil sip/il heun　70

팔십/여든　pal sip/yeo deun　80

구십/아흔　gu sip/a heun　90

백　baek　百

천　cheon　千

만　man　萬

십만　sip man　十萬

백만　baek man　百萬

천만　cheon man　千萬

억　eok　億

조　jo　兆

生活小例句

A: 얼마예요？

eol ma ye yo

多少？

B: 이만 삼천오백 원이에요.

i man sam cheon o baek won i e yo

23500元。

A: 얼마예요？

eol ma ye yo

多少？

B: 만 오천 원이에요.

man o cheon won i e yo

15000元。

生活小例句

A: 몇 살이세요？

myeot sal i se yo

你幾歲？

B: 스물한 살 이에요.

seu mul han sal i e yo

我21歲。

A: 몇 살이에요？

myeot sal i ye yo

你幾歲？

B: 열 일곱 살이에요.

yeol ril gop sa ri e yo

我17歲。

單字大補給

단위 dan wi 單位

센티미터(簡稱센티) sen ti mi teo(sen ti) 公分cm

미터 mi teo 公尺m

킬로미터(簡稱킬로) kil lo mi teo(killo) 公里km

그램 geu raem 公克g

킬로그램(簡稱킬로) kil lo geu raem(killo) 公斤kg

퍼센트(簡稱프로) peo sen teu(peu ro) 百分比%

生活小例句

A: 키가 얼마나 되세요 ?

ki ga eol ma na doe se yo

你的身高是多少 ?

B: (185cm)백팔 십오 센티미터예요.

(185cm)baek pal sip o sen ti mi teo ye yo

我185公分。

A: 저는(178cm)백칠십팔 센티예요.

(178cm)baek chil sip pal sen ti ye yo

我178。

A: 체중은 어떻게 됩니까 ?

che jung eun eo tteo ke doem ni kka

你體重幾公斤？

B: 저는 칠십 킬로그램입니다.

jeo neun chil sip kil lo geu raem im ni da

我70公斤。

A: 저는 육십이 킬로예요.

jeo neun yuk sip i kil lo ye yo

我62公斤。

單字大補給

✈ Track 106

시간 si gan 時間

월 wol 月份

일월 il wol 一月

이월 i wol 二月

삼월 sam wol 三月

사월 sa wol 四月

오월 o wol 五月

유월 yu wol 六月

칠월 chil wol 七月

팔월 pal wol 八月

구월 gu wol 九月

시월 si wol 十月

십일월 sip il wol 十一月

십이월 sip i wol 十二月

요일 yo il 星期

월요일 wol yo il 星期一

화요일 hwa yo il 星期二

수요일 su yo il 星期三

목요일 mok yo il 星期四

금요일 geum yo il 星期五

토요일 to yo il 星期六

일요일 il yo il 星期日

십 년 전 sim nyeon jeon 十年前

이 년 전 i nyeon jeon 兩年前

작년 jank nyeon 去年

올해 ol hae 今年

내년 nae nyeon 明年

후년 hu nyeon 後年

십년후에 sim nyeon hu e 十年後

지난달 ji nan dal 上個月

이번달　i beon dal　這個月

다음달　da eum dal　下個月

지난주　ji nan ju　上星期

이번주/금주　i beon ju/geum ju　這星期

다음주/내주　da eum ju/nae ju　下星期

엊그제　eot geu je　大前天

그제　geu je　前天

어제　eo je　昨天

오늘　o neul　今天

내일　nae il　明天

모레　mo re　後天

글피　geul pi　大後天

연초　yeon cho　年初

연말　yeon mal　年末

월초　wol cho　月初

월중　wol jung　月中

월말　wol mal　月底

주간/평일　ju gan/pyeong il　周間

주말　ju mal　周末

生活小例句

✈ Track 107

A: 언제 돌아와요 ?

eon je do ra wa yo

你何時回來 ?

B: 구월 말에 돌아가요.

gu wol mal e do ra ga yo

九月底回來。

生活小例句

A: 언제 출발할 거예요 ?

eon je chul bal hal geo ye yo

你何時出發 ?

B: 칠월 중.

chil rwol jung

七月中。

生活小例句

A: 오늘 몇 월 며칠 이에요 ?

o neul myeot wol myeo chil i e yo

今天是幾月幾號 ?

B: 오늘은 십일 월 이십삼일이에요.

o neu reun si bil rwol ri sip sam i ri e yo

今天是11月23日。

A: 생일은 언제에요？

saeng i reun eon je ye yo

你的生日是什麼時候？

B: 내 생일은 시월 십사일이에요.

nae saeng i reun si wol sip sa i ri e yo

我的生日是10月14日。

生活小例句

✈ Track 108

A: 이번 설날은 언제예요？

i beon seol na reun eon je ye yo

這次農曆新年初一是哪一天？

B: 이번 설날은 이월 십일일 이에요.

i beon seol na reun i wol si bi ril ri e yo

這次農曆新年是2月11日。

生活小例句

A: 오늘 무슨 요일 이에요？

o neul mu seun yo i ri e yo

今天星期幾？

B: 오늘 금요일 이에요.

o neul geum yo il i e yo

今天星期五。

生活小例句

A: 언제 왔어요？

eon je wa seo yo

你何時來的？

B: 삼십분 전에 왔어요.

sam sip bun jeon e wa seo yo

30分鐘前來的。

生活小例句

A: 언제 미국에 왔어요？

eon je mi gu ge wa seo yo

你什麼時候來美國的？

B: 지난주에 왔어요.

ji nan ju e wa seo yo

上星期來的。

生活小例句

A: 언제 한국에 왔어요 ?

eon je han gu ge wa seo yo

你什麼時候到韓國的 ?

B: 이주 전에 왔어요.

i ju jeo ne wa seo yo

2星期前來的。

A: 언제 까지 한국에 있을거예요 ?

eon je kka ji han gu ge i seul geo ye yo

你會在韓國待到什麼時候 ?

B: 팔월 말까지 있을거예요.

pal rwol mal kka ji i seul geo ye yo

我會待到八月底。

生活小例句

✈ Track 109

A: 언제 와요 ?

eon je wa yo

哪時候來 ?

B: 내일 갈게요.

nae il gal ge yo

明天去。

生活小例句

A: 언제 출발할 거예요 ?

eon je chul bal hal geo ye yo

什麼時候出發 ?

B: 몰라요. 모레나 글피에 할 거예요.

mol la yo mo re na geul pi e hal geo ye yo

不知道。明天或後天。

A: 언제 돌아와요 ?

eon je do ra wa yo

什麼時候回來 ?

B: 연말에 돌아가요.

yearn mal re dol ra ga yo

年末回去。

單字大補給

✈ Track 110

직업 jik geop 職業

사무실 직원/ 회사 직원

sa mu sil jik gwon hoe sa jik gwon 上班族，公司職員

선생 seon saeng 老師

사장 sa jang 老闆

요리사 yo ri sa 廚師

교수 gyo su 教授

작가 jak ga 作家

가수 ga su 歌手

화가 hwa ga 畫家

음악가 eum ak ga 音樂家

무용가 mu yong ga 舞蹈家

교통 경찰 gyo tong gyeong chal 交通警察

웨이터 we i teo 服務生

의사 ui sa 醫生

간호사 gan ho sa 護士

공무원 gong mu won 政府官員

單字大補給

✈ Track 111

운동경기 un dong gyeong gi 運動競賽

농구 nong gu 籃球

배구 bae gu 排球

축구 chuk gu 足球

배드민턴 bae deu min teon 羽球

테니스 te ni seu 網球

탁구 tak gu 桌球

사이클 sa i keul 自行車

승마 seung ma 騎馬

야구 ya gu 棒球

양궁 yang gung 射箭

요트 yo teu 遊艇

유도 you do 柔道

태권도 tae gwon do 跆拳道

카라테 ka ra te 空手道

복싱 bok sing 拳擊

레슬링 re seul ring 摔角

하키 ha ki 曲棍球

조깅 jo ging 慢跑

육상 yuk sang 田徑

펜싱 pen sing 西洋劍

트라이애슬론 teu ra i ae seul lon 鐵人三項

금메달 geum me dal 金牌

은메달 eun me dal 銀牌

동메달 dong me dal 銅牌

60m 스프린트 60 seu peu rin teu 60公尺短跑

100m 스프린트 100 seu peu rin teu 100公尺短跑

높이뛰기 nop pi ttwi gi 跳高

멀리뛰기/ 긴 점프 meol li ttwi gi gin jeom peu 跳遠

춤 chum 跳舞

수영 su yeong 游泳

다이빙 da i bing 跳水

수중 발레 su jung bal le 水中芭雷

체조 che jo 體操

리듬 체조 ri deum che jo 韻律體操

롤러블레이드 rol leo beul le i deu 直排輪

스케이트 seu ke i teu 溜冰

스피드 seu pi deu 速度滑冰

피겨스케이트 pi gyeo seu ke i teu 花式溜冰

스키 seu ki 滑雪

운동을 좋아하세요?

un dong eul jo a hae yo

你喜歡運動嗎?

어떤 운동 좋아해요?

eo tteon un dong jo a ha se yo

你喜歡哪種運動?

저는 수영을 좋아해요.

jeo neun su yeong eul jo a hae yo

我喜歡游泳。

스키 탈 줄 아세요？

seu ki tal jul ra se yo

你會滑雪嗎？

單字大補給

✈ Track 112

축구 용어 chuk gu yong eo 足球用語

월드컵 wol deu keop 世界盃足球賽

유럽 챔피언 쉽 you reop chaem pi eon swip

歐洲杯錦標賽

레알로얄 마드리드 re al lo yal ma deu ri deu

皇家馬德里

샷 syat 射門

골인 go rin 進球

PK PK PK賽

반칙 ban chik 犯規

오프사이드 o peu sa i deu 越位

12야드 프리 드로우 12 ya deu peu ri deu ro u 12碼罰球

프리킥 peu ri kik 自由球

코너킥 ko neo kik 角球

골키퍼 gol ki peo 守門員

전방 jeon bang 前鋒

센터 sen teo 中鋒

가드 ga deu 後衛

코치 ko chi 教練

골대 gol dae 球門

單字大補給

✈ Track 113

형용사 hyeong yong sa 形容詞

동그랗다 dong geu ra ta 圓圓的

투명해요 tu myeong hae yo 透明的

부서지기 쉬운 것이에요 bu seo ji gi swi un geot ni e yo 易碎的

딱딱해요 ttak ttak hae yo 硬硬的

말랑말랑하다 mal lang mal lang ha da 軟軟的

키가 커요 ki ga keo yo 高

키가 작아요 ki ga ja ga yo 矮

뚱뚱해요 ttung ttung hae yo 胖

마르다 ma reu da 瘦

單字大補給

✈ Track 114

동작 dong jak 動作

날다　nal da　飛

뛰다　ttwi da　跑

뛰어넘다　ttwi eo neom da　跳

가다　ga da　走

기어 오르다　gi eo o reu da　攀

기다, 기어다니다　gi da gi eo da ni da　爬

눕다　nup da　躺著

엎드리다　eop deu ri da　趴著

옆으로 눕다　yeop peu ro nup da　側臥

單字大補給

Track 115

야채　ya chae　蔬菜

야채이름　ya chae i reum　蔬菜名稱

배추　bae chu　大白菜

양배추　yang bae chu　高麗菜

시금치　si geum chi　菠菜

양파　yang pa　洋蔥

파　pa　蔥

부추　bu chu　韭菜

미나리　mi na ri　芹菜

호박　ho bak　南瓜

오이 o i 小黃瓜

감자 gam ja 馬鈴薯

고구마 go gu ma 地瓜

고추 go chu 辣椒

콩나물 kong na mul 黃豆芽

숙주나물 suk ju na mul 綠豆芽

당근 dang geun 紅蘿蔔

무 mu 白蘿蔔

옥수수 ok su su 玉米

가지 ga ji 茄子

갓 gat 芥菜

김 gim 海苔

두부 du bu 豆腐

연근 yeon geun 蓮藕

아스파라거스 a seu pa ra geo seu 蘆筍

죽순 juk sun 竹筍

깻잎 kkaet nip 芝麻葉

상추 sang chu 萵苣，生菜

버섯 beo seot 香菇

單字大補給

→ Track 116

동물 dong mul 動物

사자 sa ja 獅子

호랑이 ho rang i 老虎

치타 chi ta 豹

양 yang 綿羊

염소 yeom so 山羊

노루 no ru 鹿

사슴 sa seum 梅花鹿

늑대 neuk dae 狼

여우 yeo u 狐狸

고양이 go yang i 貓

개 gae 狗

돼지 dwae ji 豬

코끼리 ko kki ri 大象

벌 beol 蜜蜂

나비 na bi 蝴蝶

매미 mae mi 蟬

모기 mo gi 蚊子

파리 pa ri 蒼蠅

개미 gae mi 螞蟻

바퀴벌레 ba kwi beol le 蟑螂

개구리 gae gu ri 青蛙

뱀 baem 蛇

독수리 dok su ri 老鷹

새 sae 鳥

물고기 mul go gi 魚

고래 go rae 鯨魚

상어 sang eo 鯊魚

물개 mul gae 海狗

돌고래 dol go rae 海豚

게 ge 螃蟹

조개 껍데기 jo gae kkeop de gi 貝殼

산호 san ho 珊瑚

새우 sae u 蝦

랍스타/가재 rap seu ta ga jae 龍蝦

전복 jeon bok 鮑魚

문어 mun eo 章魚

공룡 gong nyong 恐龍

거북이 geo book i 烏龜

악어 ak geo 鱷魚

곰 gom 熊

팬더 paen deo 熊貓

토끼 to kki 兔子

기린 gi rin 長頸鹿

單字大補給

자연 세계　ja yearn se gye　自然萬物

해 /태양　hae tae yang　太陽

달　dal　月亮

별　byeol　星星

하늘　ha neul　天空

우주　u ju　宇宙

지구　ji gu　地球

은하　eun ha　銀河

구름　gu reum　雲

비　bi　雨

눈　nun　雪

바람　ba ram　風

바다　ba da　海

물고기　mul go gi　魚

강　gang　江河

새　sae　鳥

동물　dong mul　動物

식물　sik mul　植物

광물　gwang mul　礦物

나무　na mu　樹木

입 ip 葉子

꽃 kkot 花

열매 yeol mae 果實

잔디 jan di 草地

산 san 山

화산 hwa san 火山

천수(샘물) cheon su saem mul 泉水

온천 on cheon 温泉

태풍 tae pung 颱風

지진 ji jin 地震

쓰나미 sseu na mi 海嘯

빛 bit 光

공기 gong gi 空氣

물 mul 水

흙 heuk 土壤

單字大補給

✈ Track 118

보석 bo seok 寶石

다이아몬드 da i a mon deu 鑽石

루비 ru bi 紅寶石

사파이어 sa pa i eo 藍寶石

에메랄드 e me ral deu 綠寶石

옥 ok 玉

진주 jin ju 珍珠

순금 sun geum 純金

순은 sun eun 純銀

수정/크리스탈 su jeong keu ri seu tal 水晶

자수정 ja su jeong 紫水晶

백수정 baek su jeong 白水晶

황수정 hwang su jeong 黃水晶

장미수정/ 핑크 크리스탈 jang mi su jeong ping keu keu ri seu tal 玫瑰水晶／粉紅水晶

묘안석 myo an seok 貓眼石

아게이트 a ge i teu 瑪瑙

單字大補給

Track 119

사람 sa ram 人

남자 nam ja 男生

여자 yeo ja 女生

남성 nam seong 男人

여성 yeo seong 女人

어린이 eo rin i 孩童

아이 a i 小孩

십대 sip dae 十幾歲的人

소년 so nyeon 少年

소녀 so nyeo 少女

이십대 i sip dae 二十幾歲的人

젊은이 jeol meu ni 年輕人

청년 cheong nyeon 青年

삼십대 sam sip dae 三十幾歲的人

장년 jang nyeon 壯年

아저씨 a jeo ssi 阿伯／大叔

이모 i mo 大嬸

노인 no in 老人

사장님/아저씨 sa jang nim a jeo ssi

稱呼店家的老闆(男老闆)

아주머니/아줌마 a ju meo ni a jum ma

稱呼店家的老闆(女老闆)

生活小例句

✈ Track 120

안녕하세요？

an nyeong ha se yo？

您好？

이름이 뭐예요?

i reum i mwo ye yo

你叫什麼名字?

저는 안젤라 입니다.

jeo neun an jel la im ni da

我是安琪拉。

한국 사람이에요?

han guk sa ram i e yo

你是韓國人嗎?

예.

ye

是。

네.

ne

是。

아니에요.

a ni e yo

不是。

저는 대만 사람이에요.

jeo neun dae man sa ram i e yo

我是台灣人。

멋있어요！

meo si sseo yo

好帥！

예뻐요！

ye ppeo yo

好漂亮！

귀여워요.

gwi yeo woe yo

可愛。

섹시해요.

sek si hae yo

好性感。

잘 생겼어요.

jal seng gyeo sso yo

長得真好看。

미인 이에요.

mi in i e yo

美女。

미남 이에요.

mi nam i e yo

美男子。

지금 몇 시예요？

ji geum myeot si ye yo

現在幾點？

오늘이 며칠이에요？

o neul ri myeo chi ri e yo

今天幾號？

이 근처에 괜찮은 커피숍이 있다고 들었어요.

i geun cheo e gwaen cha neun keo pi syo bi it da go deu

reo seo yo

聽說附近有不錯的咖啡廳。

저쪽 테이블로 옮기고 싶어요.

jeo jjok te i beul lo om gi go si peo yo

我想移動位置到那桌去。

여기요, 메뉴판 보여 주세요.

yeo gi yo me nu pan bo yeo ju se yo

服務生，請給我看菜單。

사랑스러워요.

sa rang seu reo woe yo

令人喜愛。

감사합니다.

gam sa ham ni da

謝謝。感謝。

고마워요.

go ma woe yo

謝謝。

천만에요.

cheon man e yo

不客氣。

죄송합니다.

joe song ham ni da

對不起。

미안해요.

mi an hae yo

抱歉。

실례합니다.

sil lye ham ni da.

不好意思。

괜찮아요.

gwaen chan na yo

沒關係。

잘 지냈어요？

jal ji nae sseo yo

過得好嗎？

안녕히 계세요！

an nyeong hi gye se yo

再見！（對留在原地的人說）

안녕히 가세요！

an nyeong hi ga se yo

再見！(對要離開原處的人說)

안녕！

an nyeong

掰掰！(朋友之間的用語)

어디에서 왔어요？

eo di e seo wat seo yo

你從哪裡來的？

대만에서 왔어요.

dae man e seo wat seo yo

我是從台灣來的。

너를 좋아해요.

neo reul jo a hae yo

我喜歡你。

사랑해요.

sa rang hae yo

我愛你。

기뻐요.

gi ppeo yo

好高興。

행복해요.

haeng bo kae yo

好幸福。

다시 만날 수 있으면 좋겠습니다.

da si man nal su i seu myeon jo ket seum ni da

如果能再次見到你就好了。

다음에 또봐요.

da eume tto bwa yo

下次再見。

보고 싶어요.

bo go si peo yo

我想你。（現在式。還沒見面。）

보고 싶었어요.

bo go sip peo seo yo

我好想你喔。（過去式。現在見面了。）

수영하고 싶어요.

su yeong ha go si peo yo

我想游泳。

사우나 가고 싶어요.

sa u na ga go si peo yo

我想去三溫暖。

한국에 가고 싶어요.

han gu ge ga go si peo yo

我想去韓國。

명동에 가고 싶어요.

myeong dong e ga go si peo yo

我想去明洞。

해변에 가고 싶어요.

hae pyeo ne ga go si peo yo

我想去海邊。

놀러 가고 싶어요.

nol lo ne ga go si peo yo

我想去玩。

응...그럼...

eung geu reom

嗯…那…

같이 가요？

ga chi ga yo

要一起去嗎？

같이 가요.

ga chi ga yo

一起去。

그래요？

geu rae yo

是嗎？

그래요.

geu rae yo

是呀。

네 생각은 어때？

ne saeng gageun eo ttae

你的想法如何？

어떻게 생각해요 ?

eo tteo ke saeng ga kae yo

你覺得如何 ?

좋아요.

jo a yo

很好。

가자 !

ga ja

走吧 !

빨리 빨리.

ppal li ppal li

快快。

습해요.

seup pae yo

濕濕的。

추워요.

chu woe yo

很冷。

더워요.

deo woe yo

很熱。

여기서 기다리세요.

yeo gi seo gi da ri se yo

請在這裡等候。

잠깐만요.

jam kkan man nyo

等一下。

뭐라고 하셨어요?

mwo ra go ha syeo seo yo

你說什麼？

다시 한번 말해줘.

da si han beon mal hae jwo

請再說一次。

그러지 마세요.

geu reo ji ma se yo

別那樣嘛。

어떡해？

eo tteo kae

怎麼辦？

알겠습니다.

al get seum ni da

我知道了。

그렇구나.

geu reo ku na

原來如此。

마음에 들어요.

ma eum e deu reo yo

我很滿意。

정말요？

jeong mal ryo

真的嗎？

진짜？

jin jja

真的？

재미 있어요.

jae mi i sseo yo

真有趣。

파이팅！

pa i ting

加油！

바빠요？

ba ppa yo

在忙嗎？

이름이 뭐예요？

i reu mi mwo ye yo

你叫什麼名字？

이거 진품이에요？

i geo jin pu mi e yo

這是真品嗎？

모조품이에요.

mo jo pu mi e yo

是仿冒品。

긴장하지 마세요 .

gin jang ha ji ma se yo

不要緊張。

잘했어요 !

jal hae seo yo

做得好。

내일 갈 예정이다.

nae il gal ye jeong i da

我打算明天去。

어디서 본 적이 있는 것 같아요.

eo di boen jeo gi it neun geot gat de yo

好像在哪裡見過你喔。

낯이 익어요.

na chi i geo yo

好面熟喔。

연예인 아니예요 ?

Yeon ye in a ni ye yo

你不是演藝人員嗎？

전화번호가 어떻게 되세요?

jeon hwa beon ho ga eo tteo ke doe se yo

你的電話幾號？

학생이에요?

hak saeng i e yo

你是學生嗎？

학생같이 보이지 않아요.

hak saeng gat chi bo i ji an na yo

看起來不像學生。

다시 한 번 말씀해주세요.

da si mal sseum hae ju se yo

請再說一次。

좀 천천히 말씀해주세요.

jom cheon cheon hi mal sseum hae ju se yo

請說慢一點。

미안하지만, 이해하지 못하겠습니다.

mi an ha ji man i hae ha ji mo ta get seum ni da

不好意思，我無法理解。

잘 모르겠어요.

jal mo reu ge seo yo

我不是很清楚。

이곳의 전문 요리는 무엇이죠？

i got ui jeon mun nyo ri neun mu eo si jyo

這邊的招牌料理是什麼？

어떤 음식이 제일 유명한가요？

eo tteon eum si gi je il you myeong han ga yo

哪一道餐點最有名？

손님들이 많이 찾는 음식이 뭐예요？

son nim deul ri ma ni chat neun eum si gi mwo ye yo

最多客人吃的是哪一道　？

좋아하는 음식이 뭐예요？

jo a ha neun eum sik gi mwo ye yo

你最喜歡的食物是什麼？

못 먹는거 있어요？

mot meok neun geo i sseo yo

你不吃什麼？

별로 없어요.

byeol lo eop seo yo

似乎沒有。

조금 더 주세요.

jo geum deo ju se yo

請再給我一些。

맛있게 드세요.

mas iss ge deu se yo

請好好享用。

나이에 비해 어려 보여요.

na i e bi hae eo ryeo bo yeo yo

你看起來比實際年齡年輕耶。

뭐 했어 ?

mwo hae seo

你做了什麼 ?

일했어.

il hae seo

我工作了。

어떻게 지내니?

eo tteo ke ji nae ni

過得如何？

괜찮아요.

gwaen cha na yo

還不錯。

그저 그래.

geu jeo geu rae

還好。

나도 그래.

na do geu rae

我也是。

맞습니다.

mat seum ni da

沒錯。

살이 쪘어

sa ri jjyeo seo

變胖了。

어디가?

eo di ga

去哪？

오랜만이야.

o raen man i ya

好久不見啊。

잘 지냈어?

jal ji nae seo

最近好嗎？

피곤해.

pi gon hae

累了。

배 안 고파.

bae an go pa

我不餓。

배 고파요.

bae go pa yo

肚子餓。

나 요리 배우고 있어요.

na yo ri bae u go i sseo yo

我正在學做料理。

전에 만나본 적이 있나요？

jeon e man na bon jeo gi it na yo

我們之前見過面嗎？

뭐라고 부를까요？

mwo ra go bu reul kka yo

我要怎麼稱呼你呢？

형제자매가 몇 명이세요？

hyeong je ja mae ga myeot myeong i se yo

你的兄弟姊妹有多少人？

문제 없어요.

mun je eop seo yo

沒問題。

깜빡 잊어버렸어요.

kkam ppak i jeo beo ryeo seo yo

我忘了。

잘했어요.

jal hae seo yo

做得好。

힘내요.

him nae yo

加油。

먹었어요.

meok geo seo yo

我吃了。

서둘지마.

seo dul ji ma

別急。

어쩔수 없다.

eo jjeol su eop da

沒辦法。

드디어 해냈어.

deu di eo hae nae seo

終於完成了。

설마…

seol ma

不會吧…

응원해주세요.

eung won hae ju se yo

請為我打氣。

비슷해요.

bi seut tae yo

很像。

똑같다.

ttok gat da

一樣。

부탁합니다.

bu tak ham ni da

拜託。

하지마.

ha ji ma

不要那樣做。

가지마.

ga ji ma

不要走。

기분전환을 위해 무엇을 하세요？

gi bun jeon hwa neul wi hae mu eo seul ha se yo

通常你都做什麼休閒活動？

좋아하는 가수가 누구예요？

jo a ha neun ga su ga nu gu ye yo

你喜歡的歌手有誰？

궁금한 게 하나 있어.

gung geum han ge ha na i seo

我有一件事很好奇。

궁금해요.

gung geum hae yo

很好奇。

훌륭해요.

hul lyung hae yo

好優秀。

한국말 잘하시네요.

han guk mal jal ha si ne yo

你韓語說得很好呢。

결혼하셨어요？

gyeol hon ha syeo seo yo

你結婚了嗎？

정말이에요？

jeong ma ri e yo

真的嗎？

전화해.

jeon hwa hae

打電話給我。

성함이 어떻게 되세요？

seong ha mi eo tteo ke doe se yo

你的名字是什麼？

별명이 있어요？

byeol myeong i i sseo yo

有綽號嗎？

전화번호가 어떻게 되세요？

jeon hwa beon ho ga eo tteo ke doe se yo

你的電話幾號？

지금 어디에 사세요？

ji geum eo di e sa se yo

你現在住在哪裡？

여자 친구 있어요？

yeo ja chin gu i sseo yo

有女朋友嗎？

남자 친구 있어요？

nam ja chin gu i sseo yo

有男朋友嗎？

있어요.

i sseo yo

有。

없어요.

eop seo yo

沒有。

비밀이에요.

bi mil ri e yo

這是秘密。

맞춰 봐요.

mat chwo bwa yo

你猜猜看。

맞추었다.

mat chu eot da

猜中了。

건배！

geon bae

乾杯！

원 샷！

won syat

一口喝光！

위하여！

wi ha yeo

乾杯！

제가 한턱낼게요.

je ga han teok nael ge yo

我請客。

남자친구가 어떤 사람이에요？

nam ja chin gu ga eo tteon sa ra mi e yo

你的男朋友是怎麼樣的人？

학생이에요.

hak saeng i e yo

是學生。

대학생이에요？

dae hak saeng i e yo

你是大學生嗎？

전공은 뭐예요？

jeon gong eun mwo ye yo

你主修什麼？

언제 같이 밥 먹는 거 어때요？

eon je ga chi bap meok neun geo eo ttae yo

哪時候一起吃個飯如何？

좋아요.

jo a yo

好哇。

좋아하는 음식이 뭐예요？

jo a ha neun eum si gi mwo ye yo

你喜歡吃什麼？

한국요리 좋아해요.

han guk yo ri jo a hae yo

我喜歡韓國料理。

다 좋아해요.

da jo a hae yo

我都喜歡。

한국에 온 지 얼마나 됐어요？

han gu ge on ji eol ma na dwae seo yo

你來韓國多久了？

대만에 온 지 일년 됐어요.

dae ma ne on ji il lyeon dwae seo yo

我來台灣一年了。

저는 한국을 참 좋아해요.

jeo neun han gu geul cham jo a hae yo

我很喜歡韓國。

여기 사람들 참 친절해요.

yeo gi sa ram deul cham chin jeol hae yo

這裡的人很親切。

오늘 날씨가 아주 좋은데요.

o neul lal ssi ga a ju jo eun de yo

今天天氣很好耶。

밖의 날씨는 어때요？

ba kkui nal ssi neun eo ttae yo

外面天氣如何？

날이 흐리네요.

na ri heu ri ne yo

天空陰陰的。

더워요.

deo woe yo

好熱。

조금 쌀쌀합니다.

jo geum ssal ssal ham ni da

有點涼涼的。

바람이 시원해요.

ba ra mi si won hae yo

風好涼好舒服喔。

아침 햇살이 막 비추다.

a chim haet sa ri mak bi chu da

晨曦初露。

추워요.

chu woe yo

好冷。

무슨 일이 생겼어요?

mu seun i ri saeng gyeo seo yo

發生什麼事了?

무슨 일이에요?

mu seun i ri e yo

有什麼事?

이건 무슨 뜻이에요?

i geon mu seun tteu si e yo

這個是什麼意思？

잠시만요.

jam si man nyo

借過。／等一下。

실례합니다.

sil lye ham ni da

借過。／不好意思。

지나 갈겠습니다.

ji na gal get seum ni da

借過。／我要過去囉。

너무 가까이 오지 마세요.

neo mu ga kka i o ji ma se yo

不要靠我太近。

손 대지마.

son dae ji ma

不要碰我。

핑계예요.

ping gye ye yo

藉口。

우리 점심이나 같이할까요？

u ri jeom si mi na ga chi hal kka yo

我們一起去吃午餐好不好？

빨리 오세요.

ppal li o se yo

趕快來。

그는 누구랑 닮았는데.

geu neun nu gu rang dal mat neun de

他好像某個人喔。

누군지 생각이 안나.

nu gun ji saeng ga gi an na

我想不起來是誰。

누군지 도통 기억이 안나.

nu gun ji do tong gi eo gi an na

完全記不得是誰。

어제 키가 큰 남자를 보았다.

eo je ki ga keun nam ja reul bo at da

我昨天看到很高的男生。

어디 본 적이 있는 것 같데요.

eo di boen jeo gi it neun geot gat de yo

好像在哪裡見過你喔。

혹시 제가 아는 사람 이세요？

hok si je ga a neun sa ram i se yo

你是不是我認識的人呢？

당신은 어떤 연예인이랑 닮았어요.

dang si neun eo tteon yearn ye in i rang dal ma seo yo

你長得好像哪個明星耶。

새로운 수작을 거는 방법이에요？

sae ro un su ja geul geo neun bang beo bi e yo

這是搭訕的新方法嗎？

내가 몇 살이라고 생각해요？

nae ga myeot sa ri ra go saeng ga kae yo

你覺得我幾歲？

쩨쩨하게 굴지마.

jje jje ha ge gul ji ma

不要這麼斤斤計較。

선크림 발라줘.

seon keu rim bal la jwo

幫我塗防曬乳。

계속 연락합시다.

gye sok yearn nak hap si da

我們繼續聯絡吧。

내일 시간 있어요？

nae il si gan i sseo yo

你明天有空嗎？

언제 한가하십니까？

eon je han ga ha sim ni kka

你哪時候有空？

내 여자친구가 되어줄래？

nae yeo ja chin gu ga doe eo jul lae

你願意當我的女朋友嗎？

우리 사귀자！

u ri sa gwi ja

我們交往吧！

좋아해요.

jo a hae yo

我喜歡你。

사랑해요.

sa rang hae yo

我愛你。

우리 결혼하자.

u ri gyeol hon ha ja

我們結婚吧。

같이 살고 싶어요.

ga chi sal go si peo yo

我想和你一起生活。

영원히 사랑해요.

yeong won hi sa rang hae yo

我永遠愛你。

무엇을 도와드릴까요?

mu eo seul do wa deu ril kka yo

需要幫忙嗎？

저는 빠질게요.

jeo neun ppa jil ge yo

我不算。我不參加。

행운을 빌어 주세요.

haeng u neul bi reo ju se yo

祝我幸運吧。

저 기계가 제 돈을 먹었어요.

jeo gi gye ga je do neul meo geo seo yo

那個機器吃了我的錢。

저 대학에 합격했어요.

jeo dae ha ge hap gyeok hae seo yo

我考上那間大學了！

축하해요.

chu ka hae yo

恭喜！

기뻐요.

gi ppeo yo

好高興！

내 생애 최고의 날이에요.

nae saeng ae choe go ui na ri e yo

我今生最棒的一天。

이렇게 기쁠 수가 없어요.

i reo ke gi ppeul su ga eop seo yo

沒有更高興的時候了。

기뻐서 어쩔 줄 모르겠어요.

gi ppeo seo eo jjeol jul mo reu ge seo yo

高興到不知所措。

네, 정말 즐거웠어요.

ne jeong mal jeul geo wo seo yo

嗯，我玩得很愉快。

너무 웃었더니 배가 아파요.

neo mu u seot deo ni bae ga a pa yo

笑到肚子痛。

너무 웃겨서 웃음을 참을 수가 없었어요.

neo mu ut gyeo seo ut eu meul cha meul su ga eop seo seo yo

太好笑了，一直笑無法停住。

시간 가는 줄 모르고 있었어요.

si gan ga neun jul mo reu go i seo seo yo

不知不覺時間過得這麼快。

야호！ 복권에 당첨되었어요！

ya ho bok gwon e dang cheom doe eo seo yo

呀呼！我中彩卷了！

뭐라고요？！

mwo ra go yo

你說什麼？

믿을 수가 없어요！

mi deul su ga eop seo yo

真是不敢相信！

진짜예요？！

jin jja ye yo

是真的嗎？

깜짝 놀랐잖아요！

kkam jjak nol lat ja na yo

真是嚇我一跳！

잠깐만, 우리 침착해야 해！

jam kkan man u ri chim cha kae ya hae

等一下，我們要冷靜下來。

흥분을 가라앉혀요.

heung bu neul ga ra an chyeo yo

冷靜一下。

저런, 세상에！ 정말요？

jeo reon se sang e jeong mal ryo

唉唷，天啊！真的嗎？

네, 그렇대요.

ne geu reo tae yo

是，沒錯。

정말 말도 안 돼요.

jeong mal mal do an dwae yo

真是太不像話了。

바로 그거죠.

ba ro geu geo jyo

就是那個吧。

아차！

a cha

好啊！

어머나！

eo meo na

媽呀！

깜짝이야！

kkam jja gi ya

嚇我一跳！

도대체 무슨 일이에요？

do dae che mu seun i ri e yo

到底發生什麼事？

네, 그럼요.

ne geu reom nyo

是，是啊。

그거 좋네요.

geu geo jo ne yo

真好耶。

내일 떠날 거예요.

nae il tteo nal geo ye yo

我明天要走。

그래요？

geu rae yo

是嗎？

네, 다음에 볼 때까지 잘 지내요.

ne da eu me bol ttae kka ji jal ji nae yo

好，下次見面之前都要好好保重喔。

맛있게 먹었습니다.

ma sit ge meo geot seum ni da

我吃飽了。

너랑 친해지고 싶어요.

neo rang chin hae ji go si peo yo

我想和你變親近。

마음이 편해요.

ma eu mi pyeon hae yo

內心很舒服。

다른 사람은 안 그래요.

da reun sa ra meun an geu rae yo

別人不會這樣。

어색해요.

eo sae kae yo

好羞澀。

기쁩니다.

gi ppeum ni da

好開心。

긴장해요.

gin jang hae yo

好緊張。

힘들지 않아요 ?

him deul ji a na yo

不累嗎 ?

불편하지 않아요?

bul pyeon ha ji a na yo

不會不舒服(方便)嗎?

불편해요.

bul pyeon hae yo

不舒服。

편해요.

pyeon hae yo

很舒服。

생각났어요.

saeng gak na seo yo

我想起來了。

키가 몇이에요?

ki ga myeo chi e yo

你身高多少?

그렇지 않아요?

geu reo chi a na yo

不是這樣嗎?

안 그래요?

an geu rae yo

不是嗎?

아닌 것 같은데.

a nin geot ga teun de

好像不是喔。

난 그렇게 생각안해요.

nan geu reo ke saeng gak an hae yo

我不這麼認為。

제 잘못입니다.

je jal mo sim ni da

是我的錯。

알았어.

al ra seo

知道了。

잘 있어요?

jal ri seo yo

過得好嗎?

별로네요.

byeol lo ne yo

不怎麼樣。

그저 그래요.

geu jeo geu rae yo

普普通通。

네, 잘 있어요.

ne jal ri seo yo

嗯，很好。

그렇군요.

geu reo kun nyo

原來如此。

自由行專屬旅遊韓語書

王愛實

王薇婷

林于婷

出版社
22103 新北市汐止區大同路三段１８８號９樓之１
TEL （02）8647-3663
FAX （02）8647-3660

法律顧問 方圓法律事務所 涂成樞律師

總經銷：永續圖書有限公司
永續圖書線上購物網
www.foreverbooks.com.tw

CVS代理 美璟文化有限公司
TEL （02）2723-9968
FAX （02）2723-9668
出版日 2014年1月

國家圖書館出版品預行編目資料

自由行專屬旅遊韓語書 / 王愛實著. -- 初版.
-- 新北市 : 語言鳥文化, 民103.01
面 ; 公分. -- (韓語館 ; 15)
ISBN 978-986-90032-4-7(平裝附光碟片)
1.韓語 2.旅遊 3.會話
803.288 102025428

語言鳥 Parrot 讀者回函卡

自由行專屬旅遊韓語書

感謝您對這本書的支持，請務必留下您的基本資料及常用的電子信箱，以傳真、掃描或使用我們準備的免郵回函寄回。我們每月將抽出一百名回函讀者寄出精美禮物，並享有生日當月購書優惠價，語言鳥文化再一次感謝您的支持與愛護！

想知道更多更即時的消息，歡迎加入"永續圖書粉絲團"

傳真電話：(02) 8647-3660　　電子信箱：yungjiuh@ms45.hinet.net

基本資料

姓名：＿＿＿＿　○先生 ○小姐　電話：＿＿＿＿

E-mail：＿＿＿＿

地址：＿＿＿＿

購買此書的縣市及地點：＿＿＿＿

□連鎖書店　□一般書局　□量販店　□超商

□書展　□郵購　□網路訂購　□其他

您對於本書的意見

內容	：	□滿意	□尚可	□待改進
編排	：	□滿意	□尚可	□待改進
文字閱讀	：	□滿意	□尚可	□待改進
封面設計	：	□滿意	□尚可	□待改進
印刷品質	：	□滿意	□尚可	□待改進

您對於敝公司的建議

免郵廣告回信　2 2 1-0 3

基隆郵局登記證
基隆廣字第000153號

新北市汐止區大同路三段188號9樓之1

語言鳥文化事業有限公司

編輯部　收

請沿此虛線對折免貼郵票，以膠帶黏貼後寄回，謝謝！

語言是通往世界的橋梁

語言鳥
Parrot
語言是通往世界的橋梁

語言是通往世界的橋梁